Tre Cowboy per Natale
Cowboys Online #1
Jan Springer
Jennifer Jane (JJ) Watson ha trascorso gli ultimi dieci anni in un carcere di massima sicurezza.

L'ultima cosa che si aspetta è di uscire in anticipo con in mano un lavoro e finire in un ranch sperduto nelle foreste canadesi a servire il pranzo di Natale a tre dei cowboy più sexy che abbia mai visto!

Rafe, Brady e Dan pensavano di assumere due ex-detenuti per aiutarli a mandare avanti il ranch e il bestiame, invece scoprono di aver assunto una donna bella e attraente.

Nella natura innevata dell'Ontario del nord, la compagnia femminile è cosa rara.

Ed è qualcosa che i tre cowboy amano *condividere*...

Sono dominatori, belli come il peccato e riempiono la mente di JJ con le fantasie sessuali più bollenti che abbia mai avuto. D'un tratto, comincia a desiderare i tre cowboy come il regalo di Natale perfetto per lei, sperando in qualcosa che forse non potrà mai avere... un "per sempre felici e contenti."

Un racconto della serie Cowboys Online:

Tre Cowboy per Natale
Cowboys Online #1
Pubblicato da Spunky Girl Publishing
Copyright 2017, 2020 Jan Springer
http://www.janspringer.com

1.

C arcere Femminile di Duncane, Quebec, Canada
"Sì, perfetto. Grazie per il favore, Jenna, lo apprezziamo. Sarà lì questa sera."

Jennifer Jane Watson fissava l'ufficiale di sorveglianza, Sabrina Heathers, mentre parlava al telefono. L'ufficiale continuava a guardarla con un sorriso incoraggiante e un senso di speranza che JJ proprio non sentiva. A dire il vero, non aveva più avuto un briciolo di speranza dal giorno in cui la giuria l'aveva dichiarata colpevole più di dieci anni prima, proprio nel giorno del suo diciottesimo compleanno.

Non importava che JJ avesse ucciso il suo patrigno per legittima difesa, o che lo avesse fatto fuori perché aveva picchiato a morte sua madre. No, la giuria aveva deciso che lei era colpevole di omicidio premeditato perché si era elevata a giudice e si era fatta giustizia da sola.

Si erano sbagliati a condannarla. Merda, il sistema giudiziario faceva errori ogni giorno, e lei avrebbe dovuto imparare a convivere con quella consapevolezza se non voleva diventare matta.

"Ho appena confermato il lavoro perfetto per te. Sono tutti d'accordo, quindi puoi cominciare," disse Sabrina mentre riattaccava il telefono. Afferrò un blocco di carta e cominciò a scrivere.

Sì, come se JJ volesse un lavoro. Aveva vissuto anni in una cella di prigione di sei piedi per otto e l'ultima cosa che voleva era essere un robot e rimanere bloccata su qualche linea di montaggio scadente o fare qualche lavoro da centralinista dalle nove alle cinque. No, voleva la sua libertà. Voleva fare le sue cose e fingere che gli ultimi dieci anni della sua vita non fossero mai esistiti.

JJ guardò il minuscolo ufficio dell'ufficiale di sorveglianza, pieno come un uovo, e aggrottò la fronte vedendo il piccolo albero di Natale artificiale appoggiato sullo schedario. Sembrava triste con quegli addobbi di plastica e quegli orpelli fasulli. Proprio come la sua anziana ufficiale di sorveglianza sembrava fasulla con le sue lunghe ciglia finte nere, le sue unghie rosse stralunghe che dovevano essere finte, e i capelli decolorati biondi tirati all'indietro per evitare che si vedessero le rughe.

No, non voleva più saperne di quell'atmosfera insopportabile. Voleva un albero di Natale vero, come quello che aveva da bambina. Voleva sentire l'odore di pino e dei festoni di popcorn e voleva appendere fragili palle di vetro all'albero, e guardare le luci colorate che lampeggiavano alle finestre delle case.

"Correctional Services partecipa a molti programmi diversi e partecipa con molti datori di lavoro che sono disposti ad assumere galeotti recentemente rilasciati sulla parola. Sei stata fortunata a proporti per il progetto pilota Freedom Run così potrai ottenere una veloce e piena libertà vigilata. Fortunata anche che io conosca personalmente Jenna. Lei è la proprietaria di *Cowboys Online* e sono anni che dà lavoro ai galeotti tramite la sua società. Speriamo che il tuo periodo fortunato continui."

Certo, fortunato. Come no.

Sabrina si interruppe. Se stava aspettando che JJ le baciasse il culo e la ringraziasse, avrebbe atteso fino al prossimo anno.

JJ resistette all'impulso di mostrarle il dito medio e dirle che non voleva nessun favore. Voleva la sua libertà. Ma tenne la bocca chiusa, così come era stata addestrata a fare. L'ultima cosa che voleva era finire di nuovo dietro le sbarre. Avrebbe mangiato la merda di Sabrina e, non appena ne avesse avuto la possibilità, sarebbe sparita.

Il suo ufficiale di sorveglianza sorrise e per una frazione di secondo JJ quasi si bendispose nei suoi confronti. Forse era sincera? Forse aveva veramente a cuore il suo futuro? Ma i buoni sentimenti la confondevano e decise di darci un taglio. No, non voleva essere amichevole con chiunque facesse parte del sistema giudiziario.

"Lavorerai in un ranch di bestiame."

Un ranch? JJ sbatté le palpebre per la sorpresa, la cosa sembrava promettere bene. Gli animali le piacevano e amava la vita all'aria aperta.

"Non è un ranch qualsiasi. Questo si occupa di bovini da carne biologica ed è situato nel Nord Ontario, un'area desolata. Niente tranne te, un'ex modella attempata che è stata una galeotta, i tuoi datori di lavoro, bovini selvatici e migliaia di ettari di boschi e prati."

Il desolato Ontario? Sarebbe stato facile sparire da quelle parti.

"Il tuo spirito libero adorerà quei luoghi."

Sì, certo. Quanto la conosceva Sabrina? Certo, erano state molto a contatto nel corso degli ultimi mesi per approntare un piano di rilascio. Sabrina, così come lo psicologo di JJ e le guardie carcerarie, aveva detto cose carine su di lei in udienza, ma tutta quell'allegria e quell'ottimismo avevano solo irritato JJ.

"Questa posizione è appena arrivata dal programma Freedom Run. Hanno bisogno di un'assistente per l'anziana cuoca e governante e sarai disponibile per altri lavoretti che verranno fuori, come fare la cuoca da campo durante gli spostamenti delle mandrie."

Sarebbe stata una dannata governante e un'ancor più dannata cuoca? Come se ne sapesse qualcosa, dell'una e dell'altra cosa. Quel tipo di lavoro non faceva per lei.

"C'è solo un piccolo problema," disse l'ufficiale di sorveglianza.

Le labbra rosse di Sabrina si ritrassero in un cipiglio e lo stomaco di JJ si arrotolò su se stesso.

Come se non avessi già abbastanza problemi?

"Come ho già detto, il ranch si trova in una zona molto isolata. Quindi l'unico modo per arrivarci è l'aereo privato. Ho il tuo programma di volo qui." Strappò un foglio dal suo blocco e lo fece scivolare sulla scrivania perchè JJ gli desse un'occhiata.

JJ non si mosse. La parola aereo le rimbombava nel cervello. Per nessun motivo lei sarebbe salita su un aereo.

L'ansia le gonfiò il petto, improvvisamente i muri cominciarono a ondeggiare e poi a muoversi intorno a lei. Afferrò i bordi della sedia e si tenne mentre un'ondata di vertigini l'attraversava. Stava improvvisamente diventando difficile respirare? Sì, era così, stava per soffocare!

"Mi rendo conto che hai avuto un problema con gli attacchi di claustrofobia, ansia e panico. Così ho emesso un ordine per una prescrizione di farmaci adeguati per mantenerti calma durante il viaggio. Andrà tutto bene, se li prenderai."

Oh merda. Io non salirò su nessun aereo, preferirei tornare in prigione.

"Il ranch si chiama Moose Ranch ed è gestito da tre uomini più o meno della tua età. Hanno accettato di farti lavorare con riserva. Se le cose vanno bene, ti faranno un contratto e sarai pagata mensilmente. Dovrai metterti in contatto con me due volte alla settimana per il primo mese, una volta alla settimana per un altro mese e poi una volta al mese. E posso anche fare controlli a sorpresa."

La donna le si avvicinò, lo sguardo blu si fece intenso e severo.

Pur non volendo lasciarsi intimidire da lei, JJ rabbrividì.

"JJ, non c'è bisogno di dirti quanto sei fortunata ad aver ottenuto un rilascio così veloce con il programma Freedom Run. È stato solo a causa di un problema di sovraffollamento del carcere e al fatto che non ti sei mai messa nei guai. Se questo lavoro non funziona, sarai rispedita in prigione e non occorre che ti dica che la tua prossima opportunità di uscire non ci sarà fino alla prossima udienza, tra un bel po' di tempo. Capisci cosa intendo?"

"Capisco," JJ riuscì a dire tra i rantoli alla frenetica ricerca di aria. Una nausea che conosceva bene, l'inizio di un attacco di panico, lo stomaco in rivolta.

L'ufficiale sorrise, apparentemente convinta di essere riuscita a rovinarle la giornata parlando di aerei.

"Bene, bene. Chiamo la guardia così potrà accompagnarti, devi prepararti. Domande?"

La presa di JJ sulla sedia si fece più stretta mentre le pareti cominciavano ad abbassarsi su di lei.

"Sì, dov'è il bagno più vicino? Devo vomitare."

Sabrina Heathers sentiva i conati di vomito della galeotta provenienti dal bagno dell'ufficio adiacente e scosse la testa, delusa. Non appena aveva nominato l'aereo, aveva visto gli occhi castani di JJ accendersi per il panico. Aveva sperato che le note scritte dallo psicologo del carcere circa questa sua fobia fossero esagerate. Aveva ingenuamente sperato che i problemi di ansia di JJ potessero essere superati nel momento in cui lei avesse saputo che stave per uscire dal carcere. Forse si era sbagliata?

Non aveva idea del perché si fosse accollata la responsabilità di facilitare l'uscita di JJ dal carcere attraverso quell posto di lavoro. Era stata una fortuna che la donna che gestiva *Cowboys Online* avesse firmato un contratto governativo con il Correctional Service canadese. Jenna era una sua amica dai tempi del liceo, e Sabrina conosceva anche i tre uomini proprietari del Moose Ranch.

Erano bravi ragazzi che lavoravano sodo, e aveva la sensazione che JJ sarebbe loro piaciuta. Sperava solo che non si pentissero di averla presa, in particolare per via dei suoi problemi con l'ansia.

Un altro conato forte arrivò dal bagno ed echeggiò nell'ufficio di Sabrina. Il suono sgradevole le strappò una smorfia. Se il semplice nominare un aereo la faceva reagire così, c'era da chiedersi quanto tempo JJ avrebbe resistito là fuori nella natura selvaggia e nell'isolamento del Nord Ontario.

"HAI CHIUSO IL BESTIAME nella stalla?" gridò Brady quando sentì Dan e Rafe battere i piedi nella mudroom, la stanzetta per pulirsi gli scarponi dal fango situata accanto all'ufficio del ranch.

"Sono tutti dentro, sarà una notte fredda questa. C'è anche una tempesta di neve in arrive: nubi nere a nord," gridò Rafe di rimando.

Brady aggrottò la fronte, alzò lo sguardo dai registri contabili e guardò fuori dalla finestra che era proprio di fronte alla sua scrivania. Erano le quattro e si stava facendo buio velocemente. Il sole si era tuffato dietro gli alberi di pino diffondendo ombre nere ovunque. Da dove si trovava, riusciva a malapena a vedere il lago coperto di ghiaccio, su cui l'aereo stava per atterrare. Il grande lago era congelato da ben due mesi, e avrebbe retto senza problemi sotto il peso dell'aereo.

Erano stati fortunati quest'anno. Era già la fine di novembre e non si era vista molta neve fino a quel momento. Ma sembrava come se il clima fosse sul punto di cambiare. Rafe aveva ragione, grosse nuvole nere si profilavano all'orizzonte.

L'aereo che portava il loro nuovo dipendente e i rifornimenti aveva più di un'ora di ritardo e arrivava da nord. Sperava che non fosse rimasto intrappolato nella tempesta di neve. Avrebbe dato all'aereo altri cinque minuti, poi si sarebbe attaccato al telefono satellitare e avrebbe dato l'allarme.

Dan, il partner più giovane nella loro impresa di bestiame, aprì improvvisamente la porta dell'ufficio e ficcò dentro la testa. Una folata di aria fredda soffiò sulla nuca di Brady e lo fece rabbrividire. Stava per urlare a Dan di chiudere la dannata porta perchè stava lasciando uscire tutta l'aria calda, quando un movimento fuori dalla finestra e nel cielo attirò la sua attenzione. Un piccolo aereo rosso piombò su di loro da oltre il limite del bosco e virò verso il lago.

"Sono qui," disse Dan andandosene e Brady finalmente sentì il rullio dei motori dell'aereo.

Un aereo rosso, voleva dire che stave pilotando Kelly. Gli piaceva Kelly. Era una bella bionda con vivaci occhi blu ed era di qualche anno più giovane di lui. Lavorava per la North Country Air, una compagnia di voli bush che si trovava a poche centinaia di chilometri a nord di Moose Ranch.

Aveva sentito dire che passava più tempo in aria che a terra. Le aveva chiesto di uscire un paio di volte, ma lei aveva gentilmente declinator l'invito mettendo come scusa il fatto che non usciva con uomini. Si chiese se sarebbe mai più uscita con un uomo dopo il modo orribile in cui aveva perso il suo fidanzato vigile del fuco paracadutista un paio di anni prima, in un terribile incendio nella foresta. Il suo corpo non era mai stato ritrovato.

"Usciamo a salutarli," disse Brady un attimo dopo, quando si unì agli altri nella mudroom. Afferrò la giacca.

Rafe e Dan fecero una smorfia e non si mossero per indossare di nuovo il loro equipaggiamento invernale.

"Andiamo, datevi una mossa. Kelly avrà bisogno di aiuto per scaricare le provviste e non c'è tempo per prendere la motoslitta," li esortò Brady mentre si tirava sulla testa il cappello nero.

Rafe scosse la testa. "Mi dispiace, ma ho il culo freddo che ha bisogno di riscaldarsi."

"Sì, e la mia pancia sta urlando per la fame," si affrettò a dire Dan mentre si sbrigava a togliersi gli stivali fissando Brady dalla panchina. "Sai che non sarò in grado di mettere in tavola la cena se me ne sto là fuori a salutare qualche vecchio detenuto."

Rafe intervenne. "Sì, puoi ringraziare la signora Wilson che se l'è svignata senza preavviso."

"Non era colpa sua se non riusciva a sopportare un altro inverno qui," disse Brady.

Si era dispiaciuto per l'anziana ex detenuta sessantacinquenne che aveva lavorato per loro per un paio di anni. La donna aveva alla fine confidato loro che non riusciva più a sopportare la desolazione di quei luoghi, per non parlare di un altro lungo inverno al gelo. Se n'era andata inaspettatamente proprio la settimana prima, chiamando di nascosto uno dei piloti di voli bush della North Country Air per portarla fuori di lì. Per fortuna, la sorella di Brady, Jenna, aveva risposto alla sua richiesta di aiuto e aveva subito inviato un sostituto attraverso il suo servizio di *Cowboys Online*.

Una forte pacca sulla schiena fece sussultare Brady.

"Inoltre," disse Rafe, "sei stato qui col culo al caldo per tutto il giorno. Abbiamo fatto noi la tua parte di lavoro, là fuori al freddo. Ora è il tuo turno di startene un po' fuori e prendere una boccata d'aria fresca."

"Sì, forse puoi chiedere di nuovo a Kelly di uscire," fece Dan.

"Così ti dirà di no un'altra volta," ridacchiò Rafe.

Fece l'occhiolino mentre lui e Dan lo rincorrevano fuori dalla mudroom, fin dentro casa.

L'irritazione fece drizzare i peli di Brady. Per nessun motivo avrebbe chiesto a Kelly un altro appuntamento. Un uomo poteva incassare rifiuti a lungo prima di capire il messaggio forte e chiaro, ma a tutto c'era un limite. Lei non era pronta, e lui non era il suo tipo.

"D'accordo, ma mi aspetto che la cena sia pronta quando torniamo!" gridò.

"Va bene, va bene," gli rispose Dan.

Il ronzio dell'aereo si smorzò mentre Brady si infilava gli stivali. Kelly era probabilmente già atterrata e si chiedeva il motivo per cui nessuno fosse lì ad aiutarla con i rifornimenti e per salutare il nuovo ragazzo.

Aprì la porta della mudroom e rimase senza fiato, mentre il vento pungente gli tagliava la faccia. Rabbrividì e affondò il mento nella giacca, poi cominciò ad avanzare verso il lago, un quarto di miglio giù dalla collina.

A volte si chiedeva a cosa diavolo stesse pensando quando arrivò al nord per costruirsi un impero con il bestiame nel bel mezzo di una landa desolata. Avrebbe dovuto restare a Toronto, dove aveva un bell'ufficio comodo e dove giocava a fare l'avvocato immobiliare, ma il suo lavoro lo annoiava e aveva cominciato a desiderare l'avventura.

Brady aggrottò la fronte mentre spiava Kelly che saltava fuori dall'aereo con un paio di valigie che aggiunse alle varie casse che aveva già accumulato sul lago. I suoi capelli biondi brillavano nella penombra e quando lo vide avvicinarsi, gli fece un cenno poi rientrò sull'aereo.

Un attimo dopo, comparve con un'altra persona. Le ombre della sera avevano avvolto l'aereo e lui trovò difficile distinguere i lineamenti del nuovo arrivato, ma era già deluso dalle piccole dimensioni dell'uomo. Non era più alto di Kelly ed era imbacuccato, come se fosse terrorizzato dal freddo.

Grande. Semplicemente fantastico.

La pesante giacca invernale verde, con il cappuccio bordato di pelliccia tirato sopra la testa, faceva sembrare l'uomo ancor più piccolo. Una sciarpa rossa gli copriva il volto. Si aspettavano qualcuno con i muscoli, qualcuno che li potesse aiutare con il bestiame, che potesse darci dentro con i lavori pesanti e che potesse aiutarli con la cucina e le pulizie.

Questo invece se ne stava seduto sulle valigie anziché portarle in casa.

"Salve, Brady, vi ho portato il vostro carico!" gridò Kelly mentre lui si avvicinava. "Vorrei poter restare, ma devo scappare. La tempesta è in arrivo e ho bisogno di andarmene subito o resterò qui per un bel po'. Non che mi dispiacerebbe, ma ho dei contratti da portare a termine e non posso permettermi di fermarmi."

Lui non l'aveva ancora raggiunta, così urlò un ringraziamento e agitò il braccio in cenno di saluto. Kelly ricambiò, poi si voltò, risalì sul suo aereo e si sistemò nella cabina di pilotaggio. Un attimo dopo, il suo apparecchio ruggiva sul ghiaccio liscio.

In breve, Brady raggiunse il lago e la nuova recluta, l'aereo di Kelly stava scomparendo sopra la linea degli alberi e un'inatteso odore di alcol impregnava l'aria.

Cazzo, stiamo scherzando? Il nuovo dipendente è ubriaco?

Il suono di un singhiozzo lo fece imprecare.

Merda! Non poteva tollerare un ubriaco, non nel suo ranch.

"Oh, sembri così scontroso," disse una dolce voce femminile.

Brady sbatté le palpebre mentre lo sgomento gli artigliava le viscere. *Una donna?*

"Scontroso, ma carino." Alle sue parole seguì un altro singhiozzo.

Mentre lei alzava la testa per guardarlo, Brady scorse dei capelli castani vellutati che ricadevano da sotto la sciarpa. La donna aveva una bella bocca sensuale, un naso sbarazzino, e le ciglia più lunghe che avesse mai visto.

Lei gli sorrise e lui notò le fossette comparse su entrambe le guance. Quelle fossette lo fecero sentire come se fosse stato appena preso a pugni a tradimento, ma in un modo davvero piacevole.

"I viaggi in aereo mi rendono così nervosa e io... h-ho optato p-per l'a-alcol di Kelly, mi sono curata da s-sola. Era così p-incazzata quando l'ha scoperto." Rise graziosamente e il suono della sua risata era come un dolce luccichio che gli diede un tuffo al cuore.

Cristo Santo, perchè il suo corpo stava reagendo davanti a lei? Era del tutto inadatta a quel lavoro, del tutto fuori luogo nel suo ranch. All'improvviso, tutto era diventato un gran casino.

"LA TAVOLA È PRONTA, ho anche acceso un paio di candele per mettere il nuovo ragazzo più a suo agio. Come va con lo stufato?" chiese Rafe mentre si avvicinava a dove Dan stava mescolando il cibo nella sua enorme pentola a cottura lenta.

"Tutto pronto," disse Dan mentre ritirava un lungo cucchiaio di legno, lo poneva su un piatto, poi si levava il grembiule. Si avvicinò per consentire a Rafe di dare una sbirciatina.

A Rafe venne l'acquolina in bocca nel sentire il succulento odore speziato.

"Impressionante," rispose. Anche lui lo pensava.

La salsa di pomodoro gorgogliava nella pentola e Dan prese ciuffi di salvia e origano, e poi cipolle e patate mescolandoli con grossi pezzi di carne. Lo stomaco di Rafe scelse quel momento per cominciare a borbottare e fu sorpreso di scoprire che Dan sapeva cucinare così bene.

"Ditemi se non è il miglior complimento che mi abbia mai fatto," disse Dan con voce femminile e batté le ciglia in direzione di Rafe.

"Levati dai piedi," alzò gli occhi e scosse la testa. A volte Dan poteva anche essere divertente, ma non ora. Non quando lui era sul punto di mangiarsi un fottuto orso. Ed era esattamente quello che aveva nel piatto, carne di orso nero, una delle sue preferite. Il pasto era stato sul fuoco per l'intera giornata.

A parte l'orso, gli altri ingredienti crescevano nel piccolo orto che Dan aveva creato sul retro della casa. Coltivava tutto sotto reti di ferro in modo che gli animali non potessero mangiare le piante e doveva ammettere che i prodotti coltivati in casa erano dannatamente migliori di quelli che ordinavano al supermercato e si facevano consegnare dalla North Country Air.

"Voi due, portate il culo fino al lago e prendete la merda che ha portato Kelly," la voce roca e furibonda di Rafe attraversò la cucina come un missile.

Rafe si girò per trovare Brady in piedi nel corridoio. Il nuovo arrivato stava in piedi accanto a lui e sembrava ... brillo?

"Che cazzo...?" La domanda di Dan fu soffocata da uno sguardo furioso da Brady.

Oh oh.

Brady era veramente incazzato e l'istante in cui Rafe vide il volto della nuova recluta, capì il perché. Avevano chiesto due uomini forti che sapessero cucinare e pulire, e qualcuno che potesse aiutare il cuoco in cucina e facesse qualche lavoretto. Invece, in piedi di fronte a loro stava una giovane donna.

"Un errore?" chiese Rafe mentre studiava la donna. Era carina, aveva una leggera spruzzata di lentiggini sulle guance arrossate. Il suo viso era pallido e aveva uno strano sorriso ammiccante sulle labbra mentre li fissava con i grandi occhi marroni che gli ricordavano un daino innocente.

"Uno grande davvero," riconobbe Brady.

"Oh, altri due figoni." Lei mise la mano guantata sulla bocca per soffocare un singhiozzo mentre gli occhi le brillavano divertiti.

Brady inarcò le sopracciglia e aggrottò la fronte, poi concentrò rapidamente la sua attenzione su Dan e Rafe.

"Prendete la roba giù al lago prima che gli orsi la sgraffignino e che perdiamo tutte le provviste," ringhiò Brady.

Dan imprecò di nuovo sottovoce.

Rafe non riusciva a smettere di ridere. Una bella signora invece di due uomini forti. Come aveva potuto sbagliarsi Jenna ad appuntarsi le loro istruzioni? Questo era un interessante colpo di scena.

"Penso che sia meglio se lasciamo questi due da soli," disse Dan strizzando l'occhio a Rafe. Voleva avvertire Dan che questo non era il momento per far incazzare un Brady già incazzato, ma Dan passò loro davanti diretto alla mudroom.

"Forse vi va un caffè? Volete che lo prepari?" chiese Rafe che voleva rimanere in casa e nelle vicinanze di quella donna. Improvvisamente voleva sapere tutto di lei.

"Me ne occuperò io," ringhiò Brady.

Rafe annuì e si costrinse a strappare lo sguardo dalla bella donna. Mentre stava per oltrepassare Brady e lei che continuava a sorridere, Brady lo fermò con uno sguardo severo.

"Quando hai finito di aiutare Dan, chiama Jenna col satellitare. Mi deve un sacco di spiegazioni."

2.

"Una donna?" brontolò Dan mentre seguiva Rafe lungo il sentiero verso il capannone dove tenevano le motoslitte.

Dan non riusciva a credere che il loro nuovo dipendente fosse una donna, soprattutto considerando che avevano espressamente richiesto due uomini. Dopo la partenza inaspettata della signora Wilson, si erano rassegnati al fatto che le donne non amassero quel posto, così avevano contattato Jenna per chiedere una sostituzione.

"A meno che i vostri occhi non vi stiano giocando un brutto scherzo, quella è una donna," rispose Rafe aprendo la porta del capannone. La sua voce era grave. Dannazione, Dan si sentiva piuttosto giù; in quel ranch non c'era posto per una donna.

Come la signora Wilson aveva fatto notare, non c'erano centri commerciali nei dintorni, nessun negozio, nessuna compagnia femminile, a meno che non si contassero le donne pilota dei voli bush che lavoravano per la North Country Air, ma che si facevano vedere solo una volta al mese per lasciare i rifornimenti che il Moose Ranch ordinava online.

Entrarono nel capannone e Dan spinse l'interruttore della luce. Le lampade al neon si accesero e illuminarono l'interno. Le tre motoslitte gialle, le slitte e i rimorchi erano parcheggiati in modo che ci fosse solo bisogno di attaccare un rimorchio o una slitta, saltare sulla macchina, girare la chiave nel blocco di accensione e partire.

Dan afferrò la chiave della motoslitta più vicina e la gettò a Rafe. Questi agganciò la slitta e Dan aprì le porte del capannone, poi si affrettò a issarsi sul sedile dietro a Rafe.

"Abbiamo tentato in ogni modo di trattenere la signora Wilson," proseguì Rafe tirandosi il cappuccio sul cappello e indossando gli occhiali.

"E lei ci ha lasciato lo stesso. L'ultima cosa di cui abbiamo bisogno è di prenderci cura di un'altra donna con tutto il lavoro che c'è da fare qui."

Dan seguì l'esempio di Rafe, tirò il cappuccio sopra il berretto e si mise gli occhiali. Nonostante il tragitto fino al lago fosse breve, avrebbero sofferto il freddo molto di più che non andando a piedi, ma il viaggio sarebbe stato più veloce.

"Non farti sentire; mi sembra il tipo della femminista," disse Rafe.

"Cosa te lo fa pensare?"

Rafe tacque per un momento, poi continuò con voce perplessa.

"Perché altrimenti Jenna l'avrebbe mandata qui? Probabilmente perché pensa che questa ragazza sia dura come l'acciaio. Cazzo, pensavamo che la signora Wilson fosse più forte di un bue, ma ci sbagliavamo. Forse Jenna ha commesso un errore a mandarla qui."

"Forse", ammise Dan ma ne dubitava.

Aveva conosciuto Jenna quando aveva conosciuto Brady e i suoi fratelli. Se non altro, era meticolosa come Brady. Se aveva fatto un errore, se ne sarebbe accorta e non avrebbe mandato quella donna.

Dan scosse la testa e si afferrò alla vita di Rafe mentre la motoslitta si metteva in moto. Sospettava che Jenna sapesse esattamente quel che faceva e non era sicuro che fosse una buona cosa.

JJ STAVA ALLA GRANDE. Tanto per cominciare, non era più su quel trabiccolo che si era librato nell'aria per un tempo infinito. E ora era al caldo in quella casa fatta di possenti tronchi d'albero. Quando si era seduta sulle valigie su quel lago ghiacciato e aveva visto le morbide luci che illuminavano la casa fatta di tronchi, e la spirale grigia del fumo che si inerpicava verso il cielo da uno dei camini di pietra, aveva avuto la sensazione di essere finalmente arrivata a casa.

Diversi annessi erano sparsi a casaccio tutto intorno alla casa e lei aveva intravisto parecchio bestiame chiuso nei recinti quando aveva camminato fino al sentiero oltre il fienile.

Ora c'era un ragazzo sexyssimo che le stava servendo una tazza di caffè nero fumante mentre lei se ne stava seduta a un tavolo di pino incredibilmente lungo, che sembrava appena uscito da uno dei vecchi film western di John Wayne, di quelli che amava guardare sul piccolo televisore in bianco e nero che aveva nella sua cella.

Per fortuna, le pillole che le erano state prescritte e che si era ficcata in bocca in Quebec le avevano impedito di entrare in modalità "pieno panico" sulla strada per l'aeroporto. Sabrina l'aveva accompagnata su un piccolo aereo, che le aveva portate in qualche aeroporto isolato nel Nord Ontario. Il viaggio in aereo non era stato così male come aveva pensato. Ma poi era stata scaricata in un aeroporto minuscolo con un piccolo edificio e una sola pista con diversi piccoli aerei per voli bush parcheggiati qua e là e circondata da nient'altro che neve e alberi. A quel punto, la claustrofobia a lei molto ben conosciuta, che aveva di recente sperimentato nell'ufficio di Sabrina, aveva ricominciato a morderla dentro.

Dopo un'ennesima pillola, aveva detto addio a Sabrina e con riluttanza era salita su quella piccola bara volante di un aereo rosso che apparteneva a Kelly. Prima di cadere di nuovo preda di un ingestibile attacco di panico e saltar giù dall'aereo in volo, aveva adocchiato del vino rosso che la dolce pilota stava sistemando dietro il suo sedile.

Con il tempo Kelly aveva capito che JJ beveva e che era ubriaca fradicia al punto che non le importava un accidente che l'aereo precipitasse, o che le pareti della carlinga le si accartocciassero addosso.

Ora la sua vista era benedetta da un cowboy talmente bello che JJ si chiese se fosse caduta in un sogno indotto dalla droga e dall'alcol. Si acciglià mentre guardava verso di lui. Le labbra polpose dell'uomo erano distorte in una smorfia di contrarietà. Erano labbra che non le sarebbe dispiaciuto baciare. E i suoi occhi erano più blu del cielo in cui aveva appena volato.

"Ti manca qualcosa." JJ cercò di capire esattamente che cosa potesse essere.

"L'unica cosa che mi manca è il buon senso," mormorò lui.

Il bellissimo spinse la tazza più vicino a lei. Indossava ancora il suo abbigliamento invernale, così come lei d'altronde, ma il vento polare le aveva messo il gelo nelle ossa e JJ non si era ancora riscaldata abbastanza. Sembrava che lui sentisse caldo, perché all'improvviso si tolse il giaccone e lo appoggiò sullo schienale di una sedia. Indossava una giacca da cacciatore in pile rossa e nera e un dolcevita nero. Si tolse il cappello di lana nero dalla testa e lo posò sul tavolo. D'un tratto le venne in mente.

"Ora so cosa ti manca: il cappello da cowboy. Mi è stato detto che c'erano dei cowboy sexy da queste parti."

Aveva appena detto la parola *sexy*? Singhiozzò. Oh, che importava. Era davvero sexy. Era altissimo, proprio come gli altri due uomini che aveva visto prima. Aveva le spalle larghe e una mascella forte ombreggiata da una corta barba scura. Aveva i capelli castano scuro e ondulati, di lunghezza media e un po' disordinati. Sì, aveva bisogno di un taglio di capelli, ma quegli occhi blu da sogno...

"I cappelli da cowboy mi eccitano. Indossa il tuo," singhiozzò di nuovo.

Oops, gli aveva appena rivelato uno dei suoi segreti.

Lui sollevò lo sguardo, aveva il volto arrossato. Era in imbarazzo?

"Un cowboy timido. Com'è sexy," singhiozzò. Oops, aveva appena detto ancora una volta la parola *sexy*.

"Se metto il cappello da cowboy, poi berrai il tuo caffè?" Il suo cipiglio mutò in un'occhiata colma di speranza. E chi era lei per deludere le sue speranze?

"Certo. Farò di tutto per un uomo che indossa jeans attillati, che ha tonnellate di muscoli e un cappello da cowboy."

L'uomo si alzò così in fretta che la sedia dietro di lui si rovesciò. Imprecò e piombò nuovamente a sedere. Imprecò di nuovo sottovoce e lei lo osservò attraversare la cucina rustica. Le piaceva il modo in cui gli stretti jeans blu gli circondavano il sedere.

"Molto bello," sussurrò lei.

Quando lui scomparve in fondo al corridoio, JJ si guardò intorno.

Il calore del pavimento e dell'arredamento in legno di pino le diede un senso di serenità che la calmò. Le piaceva l'idea di un soggiorno, una cucina e una sala da pranzo riunite in un unico spazio aperto. Uno splendido camino in pietra occupava un intero angolo del salotto e imponenti travi di legno scuro attraversavano il soffitto verniciato di bianco.

Alcuni tappeti colorati erano stati sistemati sul pavimento e un paio di divani di pelle color cioccolato erano stati piazzati al centro della sala con un bel tavolo da caffè a dividerli.

JJ immaginò se stessa a crescere una famiglia in un luogo come quello. Sicuro, piacevole e così accogliente. Una simile idea le strappò una smorfia. Crescere una famiglia? Ah! Quale uomo sano di mente poteva volere una come lei? Era una detenuta che probabilmente si era già giocata la sua opportunità di rimanere lì. All'improvviso aveva voglia di piangere.

"Ecco, sei soddisfatta? Ora bevi il caffè." La voce vivace dell'uomo la riportò alla realtà. Lo guardò e la sua tristezza svanì.

Oddio, sì, un cowboy davvero molto alto con un cappello da cowboy nero. Dannatamente sexy. Senza volerlo, rabbrividì sotto quello sguardo pericolosamente seducente. Accidenti, non le sarebbe dispiaciuta una scopata selvaggia con lui.

Wow, normalmente non ci avrebbe pensato su due volte a fare sesso con un uomo, soprattutto dopo essere rimasta chiusa in carcere tutto quel tempo, ma il suo modo di pensare stava cambiando ora che era fuori.

"Sei molto bello con quel cappello," sbottò. Oddio, si stava comportando in modo troppo sfacciato.

Gli occhi dell'uomo si spalancarono per la sorpresa e le sopracciglia scure si sollevarono.

Sì, le piaceva la sua reazione e le piaceva essere sfacciata.

"Bevi il caffè, tesoro."

Tesoro. Che dolce.

Emozioni forti e selvagge le strinsero il cuore mentre calde lacrime le ribollivano negli occhi offuscandole la vista. Nessun ragazzo le aveva mai parlato con quel tono pieno di tenerezza, che le andava dritto al cuore. Mai.

"Merda. Non piangere," borbottò lui.

"Non sto piangendo, io non piango mai." Almeno non davanti alla gente e, perdio, non aveva intenzione di iniziare ora. Con rabbia, si asciugò le lacrime con il dorso delle mani. Per fortuna, non ci furono altre lacrime e JJ lottò per togliersi i guanti che non volevano venir via.

"Lascia che ti aiuti." La voce dell'uomo era un sussurro delicato. Le sue dita, forti e abbronzate, afferrarono le punte di entrambi i guanti e glieli tolsero.

"Oh, sei così forte," tubò JJ. *Non mi dispiacerebbe se quelle lunghe dita mi massaggiassero i seni.*

"Forse dovrei metterti a letto. Potrai smaltire la sbornia dormendo," mormorò.

"Ci rotoliamo sul fieno? Sembra meraviglioso."

Lui fece una smorfia e JJ non riuscì a trattenersi dal ridacchiare. E singhiozzare.

"Va bene, basta così. Andiamo." La prese per un gomito e lei si lasciò tirare su.

Sì, era un gran figone. Era così grande anche tra le cosce? Lei ridacchiò a quel pensiero e gli permise di accompagnarla lungo il corridoio che aveva percorso quando era entrata. Il figone si fermò davanti a una porta di legno di pino.

Huh. Nessuna sbarra. Forte.

Lui aprì la porta, accese le luci e l'accompagnò dentro.

"Oddio, è bello qui," sussurrò. Il soffitto con le massicce travi che aveva visto in soggiorno proseguiva fin nella camera da letto. Un grande camino in pietra, simile a quello del salotto, stava in un angolo della stanza, e un fuoco accogliente scoppiettava nel focolare.

La camera era scarsamente arredata con un grande letto di pino, un comò rustico e un largo tappeto ovale sul pavimento. Il fuoco la riscaldò mentre JJ dava un'occhiata alle tendine a scacchi bianchi e blu che pendevano dalle tre finestre. Sul letto stavano alcuni morbidi cuscini e una trapunta blu scuro. E sembrava robusto, il letto. Wow, aveva gusti simili ai suoi, il ragazzo.

"Questa camera è davvero, davvero, davvero bella," sussurrò di nuovo sedendosi sul letto.

Dallo stupore che aveva nella voce, Brady capì che diceva sul serio e, per una frazione di secondo, si dispiacque per lei. C'era una miriade di camere migliori di quella al mondo, ma cos'altro poteva aspettarsi che lei dicesse? Era appena stata rilasciata dalla prigione e qualunque stanza senza sbarre le sarebbe probabilmente sembrata meravigliosa.

Represse le sue emozioni e indurì il cuore.

"Non metterti troppo comoda, signorina."

Lo sguardo accigliato che seguì le sue parole lo fece sentire come se avesse appena preso a calci un cucciolo. Si pentì subito di quello che aveva detto. Le sopracciglia perfettamente disegnate di lei si torsero in un cipiglio, la fronte si aggrottò e di colpo apparì devastata.

Merda. Non aveva intenzione di farle del male. All'improvviso voleva solo rivedere le sue fossette.

"Senti, ne parliamo domani."

Sembrava che quello fosse tutto l'incoraggiamento di cui lei aveva bisogno. Ecco che ora sorrideva di nuovo e lui ricominciò respirare alla vista delle sue deliziose fossette.

"Oh, perché non ti siedi sul letto con me?" Prima che lui potesse protestare, lei lo aveva già attirato a sé. Proprio sopra di lei!

Wow, la ragazza era più forte di quel che sembrava e aveva un sacco di curve più di quel che Brady si aspettava. Persino attraverso i numerosi strati di vestiti, poteva percepire le sue curve invitanti. I seni pieni premevano contro la lana e un calore improvviso gli invase le parti basse. Il suo cazzo si drizzò e s'indurì, e i testicoli si gonfiarono rapidamente.

Lei dovette sentire la sua reazione perché cominciò a ridacchiare e a sbattere graziosamente le palpebre verso di lui.

"Non sei poi così timido come sembri, vero?" chiese lei.

Oh merda, quella donna era davvero troppo sexy. Quasi irresistibile. Le sue labbra erano rigogliose e rosse, e socchiuse. Il vino che aveva bevuto le profumava l'alito e la combinazione delle sue labbra e del vino lo inebriarono di desiderio.

Ora lo stava fissando senza dire una parola e i suoi grandi occhi castani erano così espressivi.

Baciami, gli dicevano. *Baciami*.

Non si rese nemmeno conto che stava abbassando la testa fino a quando la mano di lei gli scivolò dietro la nuca e le labbra calde premettero innocentemente contro le sue.

Il calore gli scivolò lungo il corpo e il desiderio gli esplose giù nelle parti basse. Il bacio si fece più intenso; voleva di più da lei. Un tremore lo attraversò e lo scosse, il pene prese vita all'interno dei jeans. Aveva bisogno che lei gli desse di più.

Doveva darci un taglio, così a malincuore interruppe il bacio.

"Wow, sto sognando," mormorò lei dolcemente leccandosi le labbra.

"Stiamo sognando entrambi," rispose lui in un sussurro.

Oh diavolo, stava sognando. Nessuna donna lo aveva baciato così teneramente prima. Così innocentemente.

Il rumore dei passi che rimbombavano nel corridoio ruppe l'abbraccio in cui lei lo aveva avvolto.

"Dormi un po'," le sussurrò.

Nonostante i suoi occhi la implorassero di dargli un altro bacio, JJ si limitò ad annuire. Brady sospirò e maledisse la sua erezione che pulsava al punto che credette di non poter nemmeno camminare.

Scendi da lei!

Eppure non riusciva a muoversi. Le curve calde di quella donna gli abbracciavano il corpo e lui poteva sentire il cuore di lei battere freneticamente contro il suo petto. Era emozionata come lui, solo che lei era ubriaca. Doveva starle lontano.

"I ragazzi sono tornati. Meglio che vada."

Ancora una volta, lei annuì. Brady resistette all'impulso di togliersi il cappello e metterlo sui suoi invitanti capelli castani. Sarebbe stata sexy come il peccato con il suo cappello indosso.

Poteva sentire il suo sguardo ardente su di lui mentre si spostava e si alzava. Non voleva lasciarla ma doveva.

A malincuore si voltò e s'incamminò verso la porta. Quando la raggiunse, esitò. Il bisogno improvviso di dirle che poteva rimanere nel suo letto per tutto il tempo che voleva lo fece voltare.

Ma con sua sorpresa, lei si era già addormentata rannicchiandosi in posizione fetale con le ginocchia piegate contro il ventre e le mani infilate sotto le guance. Aveva gli occhi chiusi e un sorriso dolce giocava con le sue labbra.

Sembrava così vulnerabile. Troppo vulnerabile. Qualcosa di duro e selvaggio si scatenò da qualche parte nel profondo dell'anima e, per qualche folle motivo, ora voleva conoscere tutto di lei.

Tirò un profondo respiro per calmare il cuore che batteva all'impazzata. Le labbra ancora gli formicolavano per via di quel bacio tanto che desiderò baciarla di nuovo. Cavolo, quella donna era incredibile.

Continuò a guardarla: indossava ancora il cappotto e gli stivali. Doveva toglierglieli perchè potesse riposare meglio ma non voleva svegliarla. Eppure poteva prendere freddo durante la notte, così afferrò alcune coperte dal suo armadio e gliene sistemò alcune attorno al corpo con cura. Brady trattenne il respiro mentre prendeva la cerniera del cappotto di JJ e la faceva scivolare lentamente verso il basso fino ad aprire l'indumento.

Cercò di ignorare il dolce rigonfiamento dei suoi seni che spuntavano dalla scollatura del maglione verde che portava sotto il cappotto, ma quella vista stava producendo effetti spiacevoli sul suo cazzo. Si chiese se si sarebbe svegliata, se lui le avesse dato un bacio.

Dan lo chiamò dal corrodio e Brady imprecò dolcemente sottovoce.

No, non voleva svegliarla ma era necessario che lei se ne andasse.

"CHE DIAVOLO È?" CHIESE piano Brady mentre si riuniva a Rafe e Dan in salotto.

Rafe notò il viso arrossato di Brady e si chiese cosa diavolo avesse fatto fino a quel momento, ma glielo avrebbe chiesto più tardi perché in quel momento avevano altre cose da sbrigare. Come i tre scatoloni che erano arrivati insieme alla donna.

Indicò le scatole che lui Dan avevano aperto dopo aver ritirato le scorte di cibo, che erano state consegnate. Ma quelle scatole contenevano tutto tranne che cibo.

"Addobbi natalizi, a quanto dice il biglietto di tua sorella. Li ha scelti per noi," disse Dan mentre consegnava a Brady una lettera sigillata, indirizzata a lui, che avevano trovato all'interno di una delle scatole.

"Credo che sia a causa di quello che è successo lo scorso Natale," ricordò loro Rafe. "Ricordi che venne qui per un paio di giorni prima di Natale e rimase delusa che non ci fosse l'albero?"

"Mi ricordo," ringhiò Brady.

Si fece silenzioso mentre apriva la busta e leggeva la lettera. Il suo cipiglio si accentuò.

"Piccola stronza," disse piano Brady. "Dice che non è riuscita a trovare due ragazzi per sostituire la signora Wilson con così poco preavviso, per cui dovremo insegnare a questa donna quello che vogliamo che faccia nel ranch. Jenna dice che andrà in vacanza per un paio di settimane e non sarà raggiungibile. Non riesco a crederci, cazzo. Chi è che va in vacanza quando ha da gestire il proprio ranch e anche *Cowboys Online*? Non le credo proprio. Siamo stati incastrati, cazzo!"

Brady imprecò di nuovo, appallottolò la lettera e la gettò nel camino scoppiettante. Sembrava davvero incazzato. E quello era solo l'inizio.

"C'è un'altra cosa che devi vedere." Rafe frugò in tasca e tirò fuori quello che aveva trovato, quindi consegnò tutto a Brady.

"Una prescrizione per delle pillole? Per cosa sono?" mormorò Brady mentre la preoccupazione gli tracciava profondi solchi sulla fronte.

Dan, che aveva frequentato un breve corso alla facoltà di Farmacia dopo il diploma, rispose rapidamente.

"In parole semplici, uno è un ansiolitico e l'altro è un sedativo. Miscelati con l'alcol, l'hanno resa, diciamo, bizzarra. Può essere un mix molto pericoloso."

"Bizzarra?"

"Brilla, allegra, più audace del solito: proprio il comportamento di stasera. Non credo che abbia bevuto troppo o le cose sarebbero degenerate, ormai," disse Dan e poi guardò verso la scala. "Cenerà con noi?"

Rafe lesse l'emozione nella voce di Dan, e sentì che anche lui trovava l'idea eccitante. Non gli dispiaceva dare un'altra occhiata alla loro nuova governante e cuoca. Era molto carina e gli faceva ribollire le viscere.

"È nella mia stanza."

Era nella stanza di Brady?

"Ti muovi velocemente, fratello," ridacchiò Dan.

Brady era visibilmente teso e Rafe si preparò alla sua esplosione. Ultimamente, Brady scattava spesso e se la prendeva con entrambi. Aveva bisogno di scopare. *Tutti* avevano bisogno di scopare.

"Non volevo che rischiasse di cadere per le scale. E se ci facesse causa? Per stanotte resterà nella mia camera e io mi metterò sul divano così la terrò d'occhio. Ora sta dormendo."

Dan fece l'occhiolino a Rafe. Sì, rischiavano una giornata di lavori forzati nei campi per quel commento. Ma il suo stomaco ringhiava e anche quello di Rafe e ora non era il momento di far incazzare Brady ulteriormente o li avrebbe buttati fuori nella neve e avrebbe bloccato le porte per non farli rientrare.

Dan sorrideva e Rafe sospettava che stesse per scatenare una raffica di commenti inappropriati sulla donna e Brady soli nella sua camera da letto e sul perché lei stava dormendo invece di togliergli i vestiti di dosso.

Il cazzo di Rafe s'irrigidì a quell'idea. Tutti e tre se l'erano spassata in rapporti a quattro con donne consenzienti.

Batté le mani e catturò l'attenzione di entrambi gli amici. "Bene! Andiamo a mangiare!"

JJ GEMETTE SOMMESSAMENTE mentre qualcosa di caldo e umido languiva su entrambi i capezzoli. Qualcuno glieli stava succhiando dolcemente. Lei ansimò e mosse i fianchi. Cercò di chiudere le cosce, ma qualcosa gliele teneva aperte.

Un calore e un tocco sensuale le premevano sulla figa inumidendola. Nell'aria, il suono di qualcuno che sembrava si stesse dissetando rumorosamente. Qualcosa, un dito, scivolò nella sua vagina e i suoi muscoli si strinsero con entusiasmo intorno all'intruso. JJ voleva che entrasse di più, che si spingesse di più in lei.

Si bagnò e gridò mentre il dito usciva da lei per poi strofinarsi sensualmente sul suo clitoride. L'eccitazione le bruciò le terminazioni nervose. Ora si dimenava e ansimava in preda a un attacco di piacere.

Il calore e la disperazione la squassarono come una scossa elettrica. Aveva bisogno di essere scopata. Voleva essere impalata ed era talmente pronta per la penetrazione che avrebbe voluto urlare.

Una mano calda le massaggiò il ventre e un uomo gemette. Il suono gutturale della sua voce era tremendamente erotico mentre si liberava nell'aria. La suzione dei capezzoli si intensificò e, in risposta a quelle sensazioni, lei si inarcò.

Lentamente sollevò le palpebre.

Che cosa stava succedendo? Doveva spaventarsi, non doveva? No, non era spaventata. Un calore febbrile le sferzò le viscere. JJ voleva tuffarsi in tutto il piacere assurdo che l'avvolgeva.

La luce tremolante del camino brillava sulle pareti.

Inarcò i fianchi e avvolse le gambe intorno a chi laggiù le stava leccando la figa, affondando i talloni nella sua schiena muscolosa.

Era il cowboy sexy con il cappello nero che stava banchettando su di lei? Le erano piaciuti i suoi occhi azzurri e l'ombra di barba scura che gli ricopriva la mascella. Sexy.

Proprio pensare a lui la mandò estasi e una sequenza di brividi incontrollabili l'attanagliò lasciandola senza fiato. Le dita si annodarono intorno alla stoffa morbida della trapunta e JJ serrò le cosce intorno l'intruso.

La sua bocca le stava succhiando le grandi labbra. Il ventre di JJ si contrasse e lei si bagnò.

La bocca del suo amante si fuse con la sua figa e la lingua dell'uomo le accarezzò il clitoride. JJ si dimenò mentre esplodeva e veniva rapidamente, trascinata in un vortice di piacere. I muscoli delle cosce tremavano e i capezzoli dolevano mentre la suzione aumentava il ritmo.

Lui immerse due dita nella sua figa e spinse rapidamente. Lei si eccitò ancora di più e sobbalzò mentre i suoi muscoli accerchiavano l'intruso. Il piacere era infinito.

JJ si agitava, si dimenava e fremeva. L'orgasmo scemò lasciandole i sensi in uno stato di totale prostrazione.

Riuscì a guardare giù e rimase a bocca aperta nel vedere due bocche maschili agganciate ai suoi capezzoli, le labbra che glieli succhiavano avidamente. I due uomini indossavano cappelli da cowboy, ma lei riusciva a vedere bene i loro volti: erano gli stessi maschi da urlo che aveva visto in cucina. Ragazzi alti. Le era piaciuto il modo in cui l'avevano guardata: prima con sorpresa e poi con interesse erotico.

Ora la stavano lambendo con le loro lingue e il piacere rapidamente irruppe di nuovo in lei. Brividi intensi la sconvolsero e JJ agitò i fianchi, perchè voleva di più.

"Cosa sta succedendo?" sussurrò. *Perché mi state facendo questo? Perché mi piace così tanto?*

Le lingue guizzarono sui capezzoli, rendendoli meravigliosamente dolenti. I loro denti la mordicchiavano e le labbra la baciavano teneramente.

Chi era chino su di lei stava facendo un lavoro fantastico. Una lingua ruvida e impaziente le lambì la figa e le labbra succhiarono il suo clitoride gonfio.

Il calore le montò dentro, il sudore le imperlò la fronte. Il suo corpo si contrasse di nuovo e il respiro accelerò. Tremava violentemente mentre spasmi di piacere le esplodevano dentro.

Gli uomini non si fermarono mentre lei si agitava e gemeva. Le loro mani scivolarono sensualmente sulle sue braccia, sul ventre e sui seni. Le loro dita callose l'accarezzarono ovunque fino a quando lei cominciò a contorcersi per il piacere intenso.

Cielo, stava per avere un orgasmo. Di nuovo!

JJ si svegliò in un gemito. Il sudore freddo le correva lungo la schiena e il mal di testa le spaccava il cranio. Si lasciò cadere sulla schiena in preda a gemiti irrefrenabili, e fece una smorfia sentendo i battiti del cuore martellarle nelle orecchie. Quando riaprì gli occhi, si ritrovò in una stanza con un lampadario a forma di ruota di carro che pendeva dal soffitto, proprio sopra di lei.

Batté le palpebre per la sorpresa. Dov'era? Non era più nella sua cella?

Poi tutto le tornò alla mente: quando aveva lottato contro il panico tra le pareti di quell'aereo orribilmente piccolo; quando si era resa conto che i farmaci che aveva preso erano stati a malapena sufficienti a mantenerla calma; quando aveva visto quel vino rosso; quando aveva afferrato una bottiglia e l'aveva stappata e quando aveva baciato un cowboy molto sexy con gli occhi blu che indossava un cappello da cowboy nero.

Il basso ventre le restituì una bella sensazione. Quel bacio doveva essere stato parte di un sogno. E che sogno era stato! Tre cowboy che facevano l'amore con lei.

Resistette all'impulso di piegarsi, far scivolare le dita tra le cosce e toccarsi, come l'avevano toccata quei deliziosi cowboy. In qualsiasi altro momento si sarebbe masturbata per rivivere le sensazioni che quel sogno fantastico le suscitava.

Ma lei non era nella privacy della sua cella e, anche se ci fosse stata, la sua compagna di cella avrebbe potuto sentire. Prima di masturbarsi, aveva sempre dovuto aspettare che la donna russasse rumorosamente. Per fortuna quei tempi erano passati... però lei ricordava vagamente di essere entrata in quella camera...

Si sedette e si guardò intorno. Una luce debole filtrava nella stanza attraverso le finestre. Ricordava le tende blu e bianche.

Guardò il comodino dove una sveglia da viaggio ticchettava rumorosamente. Erano passate le sette da tre minuti.

Fece una smorfia mentre il mal di testa continuava a batterle contro le tempie. Provò un po' di nausea; le ci voleva qualche rimedio contro il dolore da mal di testa. Forse poteva farsi anche una bella doccia. Accidenti, era ancora completamente vestita e stava sudando.

Si bloccò quando il suo sguardo cadde sul cappello da cowboy nero depositato su un comò poco distante.

Roba da matti!

E se davvero avesse baciato quel cowboy? Cominciarono a venire a galla altri ricordi. Uno splendido uomo dagli occhi blu con un cipiglio severo. L'aveva studiata con così tanta attenzione mentre lei se ne stava seduta sulle sue valigie su quella pista di atterraggio, o forse era un lago?

Il suo addome si contrasse. Si era ubriacata.

L'imbarazzo le torse le viscere. Aveva bisogno di scusarsi per il suo comportamento e spiegarsi. Ma lei aveva baciato un cowboy. Magari era solo un lavoratore stagionale? Oh, se lo augurava proprio.

Il ricordo dell'erezione dura che premeva contro la sua figa, subito dopo che lei aveva trascinato l'uomo con sè sul letto, la eccitò. I suoi occhi azzurri erano bui mentre la guardava. Un muscolo della sua mascella si era contratto e il suo respiro caldo le aveva accarezzato le labbra così dolcemente che lei si era ritrovata a supplicare un bacio.

E che bacio si erano scambiati! La sua bocca l'aveva sfiorata e l'elettricità di quel contatto l'aveva fatta tremare. Il suo corpo era tornato a vivere sotto quell'erezione e un bisogno insistente di essere scopata dal cowboy l'aveva invasa. JJ sospirò e saltò al suono del vento che sibilava oltre le finestre. Il gelo aveva disegnato cornici di ghiaccio intorno ai vetri e fuori la neve turbinava. Una tempesta di neve?

Gemette mentre risaliva da sotto i numerosi strati di coperte e quando si alzò imprecò contro il mal di testa.

Era stato il cowboy a baciarla e metterla sotto tutte quelle trapunte?

Oh maledizione, aveva dato a quegli uomini una cattiva immagine di sé fin dal suo arrivo. Perché aveva bevuto tutto quel vino? Avrebbe dovuto sapere che si sarebbe ubriacata. E mescolarlo con le medicine, poi. Roba pericolosa.

Scosse la testa. Era stata così stupida. Non avrebbe mai permesso che una cosa del genere accadesse di nuovo.

Guardò fuori da una delle finestre della camera e rimase di stucco. Tutto era più bianco di quando era arrivata la sera prima. Gli alberi, il fienile, i capannoni e le recinzioni erano tutti ricoperti di neve. Attraverso il vorticare dei fiocchi ghiacciati, scorse il lago. Era enorme, si estendeva per chilometri.

Il posto era desolato, d'accordo, ma molto bello.

Si allontanò dalla finestra e, in punta di piedi, si accostò alla porta chiusa e si mise in ascolto. Silenzio. Forse stavano ancora dormendo tutti?

Aprì la porta ed entrò in un breve corridoio. Per fortuna, il bagno era proprio di fronte all'entrata della camera da letto e lei subito ci si chiuse dentro. Si guardò allo specchio e inorridì: aveva occhiaie marcate sotto gli occhi e i capelli castani lunghi fino alle spalle erano nient'altro che un groviglio inestricabile.

Tirò fuori un pettine da uno scaffale vicino e in un paio di minuti addomesticò la chioma. Avrebbe voluto avere dei cosmetici ma Sabrina aveva detto che non ce n'erano nelle valigie. C'erano vestiti, qualche soldo e nient'altro. Prima di lasciare la prigione con Sabrina, le avevano dato un parka, un paio di stivali caldi, un cappello e dei guanti, e le due valigie con i vestiti che non aveva avuto la possibilità di ispezionare. A proposito di valigie, doveva trovarle, farsi una doccia e cambiarsi.

Dopo essersi lavata la faccia ed essere andata in bagno, si sentì abbastanza riposata e un po' più sicura per affrontare il mondo. Nell'armadietto dei medicinali trovò degli antidolorifici, e prese due pillole.

Una cascata di emozioni la invase al pensiero improvviso che era ormai fuori di prigione e da sola. Respinse la paura indesiderata in un angolo, raddrizzò le spalle e aprì la porta del bagno.

Perché era tutto così tranquillo? Alla prigione c'era sempre un gran rumore. Anche di notte era rumoroso, quando le donne gridavano in preda agli incubi o gemevano mentre si masturbavano nelle loro celle.

Ora sembrava che fosse andata da un estremo all'altro, ed era un po' snervante.

Entrò nel corridoio e lo percorse tutto fino a quando sbucò nel soggiorno, sala da pranzo e cucina dov'era stata la sera prima. Ricordava come l'ambiente le fosse apparso rustico e accogliente.

Un piacevole genere country in stile cowboy. Una sensazione di calore e di protezione la commosse e la permeò. Aveva vissuto la stessa sensazione il giorno prima al suo arrivo. Era così folle pensare che quella potesse essere la sua casa per sempre?

Il profumo aromatico del caffè la incoraggiò a cercare la macchinetta. Si trovava sul bancone della cucina. Con sua sorpresa c'era anche una nota appoggiata alla caffettiera ed era indirizzata a lei.

JJ

Le valigie sono in camera da letto al piano superiore. Prima porta a destra.

Fa' come se fossi a casa tua. Torneremo intorno all'ora di pranzo.

Dan

Era il ragazzo che lei aveva così audacemente attirato su di sé dopo essersi lasciata cadere sul letto?

Oh cavolo. Si era comportata da bambina cattiva la notte prima, ma ora provava un gran sollievo. Aveva del tempo per riprendere fiato e metabolizzare l'accaduto, e avrebbe iniziato con quel caffè.

3.

"Be', questo è l'ultimo carico di fieno," disse Dan mentre saliva su per la scala del fienile e appendeva il forcone a un gancio vicino. Spinse i guanti nelle tasche del giaccone e raggiunse Brady che si stava togliendo il fieno dai vestiti.

Brady era sempre stato un uomo un po' burbero, tranne dopo che aveva scopato. Ma da quando era arrivato quel grazioso pulcino la sera prima, non faceva che rompere le palle a tutti.

"Sarà meglio che sia l'ultima volta che quella balla cade, perché mi sta facendo incazzare," gli ringhiò Brady mentre alcune nuvolette di fiato gli fuoriuscivano dalla bocca quando parlava e il suo viso era di nuovo arrossato.

Proprio come la sera prima. Grandioso.

"I cavalli sono stati foraggiati e abbeverati e il letame è stato spalato. Tutti i box sono puliti," disse Rafe mentre girava l'angolo proveniente dalla zona dove tenevano i cavalli, poi si unì a loro.

Dan catturò lo sguardo di Rafe e gli lanciò un'occhiata di scherno.

"Credo che non ci siano più scuse per rimanere fuori di casa, che ne dite?" Dan era appena in grado di trattenersi dal ridere.

Al momento giusto, Brady sbottò.

Sì, quella donna non gli era indifferente. Forse era attratto da lei?

"Mi chiedo se sia ancora sveglia. Sarà bello incontrarla finalmente. Un po' come hai fatto ieri sera tu, Brady," aggiunse Rafe con un'occhiata significativa.

Dan sorrise mentre l'altro aggrottava la fronte e guardava tutt'intorno all'interno del fienile. A meno che Dan non si sbagliasse, pensò che Brady fosse alla ricerca di altro lavoro da dare a lui e a Rafe. Forse era il momento di fare sul serio con il ragazzo.

"Smetti di lavorare?" lo stuzzicò Dan.

"No," ribatté Brady. "C'è ancora molto lavoro da fare. Voi ragazzi andate avanti, io torno subito."

Le luci tremolarono quando una raffica di vento sferzò le pareti della stalla.

"Oh, oh," fece Dan alzando lo sguardo sulle luci appese al soffitto del fienile. Lampeggiavano ancora ma presto il fienile cadde nell'oscurità.

Dannazione.

Un paio di mucche gravide prossime a partorire muggirono di paura dalle stalle vicine e poi tacquero.

"Accendo i generatori del fienile. Voi due andate a casa e accendete il generatore in modo che la ragazza non si spaventi," ordinò Brady.

Oh, così si preoccupava per la donna. Era un buon segno.

Ci vollero solo un paio di minuti per percorrere la fune tra la casa e il fienile. La corda era un'ancora di salvezza durante le tempeste di neve e le interruzioni di corrente. Gli inverni erano brutali al nord. Durante i temporali uno riusciva a malapena a vedere la mano di fronte alla faccia e perdersi non era un'eventualità remota. Uno congelava a morte piuttosto rapidamente senza fuoco.

La neve era già oltre l'altezza delle caviglie mentre lui e Rafe camminavano verso la casa. Gelidi fiocchi di neve gli pungevano la faccia mentre salivano le scale. Quando aprirono la porta sul retro ed entrarono nella mudroom, un odore di pancetta affumicata e molto ben cotta gli scivolò sotto le narici. Il suo stomaco brontolò.

Hmm, pancetta per pranzo. Già gli piaceva quella ragazza.

"Il profumo promette bene," commentò Rafe mentre entrambi si toglievano gli stivali e i cappotti e li appendevano ai ganci che rivestivano una parete della mudroom, la stanza del fango, quella dove i tre amici si toglievano il fango di dosso ma anche l'abbigliamento da lavoro, e si cambiavano per rientrare in casa.

Improvvisamente sentì la donna imprecare; Rafe diede una gomitata a Dan e sorrise.

"È il tipo di donna che fa al caso nostro," scherzò. Si tolse il cappello di lana dalla testa, poi rapidamente si passò le dita tra i capelli castano scuro con fare un po' impacciato.

"Sembra un tipo esuberante," disse Dan con una risata.

Aprirono la porta antivento di vetro che separava la casa dalla mudroom. Un attimo dopo entrarono in cucina. All'interno c'era un buio sinistro.

JJ stava vicino alla stufa con una padella in mano dalla quale si innalzava un sottile filo di fumo bluastro. Continuava a imprecare mentre fissava con desiderio la lampada in cucina.

Sì, era bella. Aveva i capelli castano scuro lunghi fino alle spalle e una massa di riccioli. Indossava comodi jeans e una camicetta stretta che aderiva a due seni pieni di vita. Era magra e Rafe pensò che la cosa avesse a che fare con il cibo scadente della prigione.

"È una fortuna che se ne sia andata l'elettricità altrimenti l'allarme antincendio si sarebbe attivato," disse Dan mentre osservava il fumo che fuoriusciva dalla padella.

Al suono della sua voce, gli occhi castani di JJ si spalancarono per la sorpresa e lei strillò come se avesse visto un paio di topi.

"Una fortuna che lei non sia impressionabile o il pranzo sarebbe tutto sul pavimento," commentò Rafe con un sorriso.

JJ aggrottò la fronte in un cipiglio infantile, all'improvviso sembrava timida.

"Ci dispiace di averti spaventato. Sono Dan, questo è Rafe. Siamo i soci del ranch." Le tese la mano.

Lei sorrise e il respiro gli si bloccò nell'istante in cui le comparvero sul viso delle fossette che la resero ancor più graziosa. JJ posò la padella sui fornelli, si strofinò le mani su un asciugamano, poi fece scivolare il palmo della mano contro il suo e strinse le dita intorno alla sua mano.

Il suo sorriso si allargò, la sua stretta di mano era ferma e sicura. Gli piacque.

"Ciao, sono JJ e mi scuso per la notte scorsa," disse in fretta.

A Dan piacque il modo in cui le sue guance si arrossavano improvvisamente.

"Ti dispiace per cosa? Che è successo esattamente tra te e Brady ieri sera?" la stuzzicò.

Lei ritirò la mano come se si fosse improvvisamente scottata. Però, la reazione era interessante. Quindi, qualcosa era successo tra i due ed era per questo che Brady si comportava in modo tanto strano e non voleva rientrare in casa.

"Non fare caso alla maleducazione di Dan. Piacere di conoscerti, JJ," disse Rafe stringendole subito la mano.

Ecco, quello era Rafe, quello sempre diplomatico.

JJ era davvero carina. Non un grammo di trucco e sembrava fresca e profumata più di qualsiasi altra donna che avesse mai incontrato. E c'erano state molte donne con cui nel corso degli anni lui e i suoi soci se l'erano fatta, tutti e tre insieme o uno alla volta. Si chiese se JJ era una donna che avrebbe amato fare sesso con loro tre.

Ne dubitava, a giudicare dal rossore che ancora le indugiava sulle guance. Aveva difficoltà a capire come una donna come quella si fosse fatta del carcere per omicidio, ma questo era quello che diceva la scheda che avevano letto.

Sembrava molto giovane e forse anche sessualmente inesperta, quindi era inutile pensare che sarebbe stata disposta a fare sesso a quattro. Nonostante quei pensieri, non poteva fare a meno di fantasticare su come insegnarle il piacere sessuale con tre uomini esperti anzichè con un adolescente impacciato. Sempre che avesse avuto esperienze sessuali prima di andare in prigione.

Inoltre, era possibile che lui non avrebbe mai scoperto granché su di lei, perchè se Brady avesse fatto quel che aveva intenzione di fare, la ragazza sarebbe finita sul prossimo volo verso la civiltà. Inoltre, se anche avessero avuto le risposte che cercavano da Jenna, che non aveva volutamente risposto al telefono la sera prima... il che lo indusse a chiedersi se la sorella di Brady avesse detto la verità nella sua lettera e se davvero fosse andata in vacanza. Per quanto poteva ricordare, l'unica altra vacanza che si era presa in anni era stata quella del Natale passato, quando era venuta al ranch per una visita.

"Sono un po' inesperta nel reparto cucina," ammise timidamente JJ. I suoi occhi brillavano di divertimento e di scuse. Divertimento innocente. Sembrava non avere idea di come un uomo potesse percepire un commento come quello che aveva appena fatto.

Accanto a lui, Rafe si schiarì la gola, e Dan ebbe l'impressione che l'amico stesse pensando esattamente la stessa cosa. Era stata fuori dal giro sessuale per parecchio tempo e quell'idea lo fece reagire.

"Spero che non vi dispiaccia. Ho trovato le mie valigie in camera da letto al piano superiore e ho fatto una doccia."

Oddio, visioni di lei in piedi nuda sotto la doccia, gocce d'acqua a cascata sui seni pieni di vita e... Con il cazzo indurito in modo inappropriato, Dan riuscì a soffocare un ringhio di eccitazione prima che questo lo strozzasse.

"Come si fa a cucinare senza elettricità da queste parti? Si usa il camino?" chiese lei. Guardò con gli occhi spalancati al vicino camino, che aveva ancora un po' di brace.

"Generatore di propano, ne vado a prendere uno. È appena fuori sul retro nella rimessa," mormorò Rafe sbrigandosi a uscire e lasciando Dan solo con la donna.

Bastardo. Cosa pensava di fare Rafe lasciandolo in balia di se stesso vicino a una donna intoccabile e sessualmente inesperta?

"Usiamo i caminetti per cucinare come ultima risorsa. Dal momento che il fuoco aggiunge un po' di allegria durante le tempeste di neve, ne teniamo uno acceso qui durante il giorno e quelli nelle camere da letto, durante la notte," rispose Dan mentre la guardava. Sì, era molto carina ma aveva bisogno di tenere i giochetti sessuali che voleva fare con lei fuori dalla mente. Era il momento di accendere il fuoco nel camino e non pensare a quello che si stava accendendo dentro di lui.

"È rustico, e questa casa è bellissima," disse lei con un sorriso mentre lui le passava accanto diretto al camino.

"Ciascuno di noi ha detto la propria circa come doveva essere il ranch e siamo abbastanza orgogliosi dei risultati," disse Dan mentre si illuminava a quel complimento.

Lanciò nel camino acceso qualche pezzo di corteccia di betulla e alcuni legnetti secchi per ravvivare il fuoco, poi un pezzo di tronco di pino. Fiamme color arancio si svilupparono immediatamente intorno alla betulla e lambirono la legna. Il fuoco tornò a crepitare e gli riscaldò le mani.

"Oh! Ecco come si fa," disse lei che ora gli stava alle spalle.

Merda! Non l'aveva sentita avvicinarsi.

Si raddrizzò e le si piantò davanti. La curiosità e l'entusiasmo le fiammeggiavano negli occhi. JJ aveva occhi marroni molto scuri con graziosi riflessi d'oro. L'inclinazione di sfida nel mento gli diede l'impressione che fosse ansiosa di conoscere il loro ranch, e il suo profumo di fiori ultra-sexy gli stuzzicò le narici, risvegliando le sue terminazioni nervose. Il suo cazzo pulsava dolorosamente. Non si sentiva così da quando era un adolescente.

Si accigliò: questa non era la reazione che si era aspettato. Per niente.

Cacchio, ora capiva perché Brady si comportava come un orso bruno irritato. Nessuno di loro tre aveva mai mischiato gli affari con il piacere, sapendo bene che le conseguenze sarebbero state spiacevoli. Avere JJ intorno rischiava di minare continuamente i limiti e le regole che si erano autoimposti.

Brady aveva ragione. Forse era meglio che lei salisse sul prossimo volo e se ne andasse da lì.

RAFE E DAN ERANO COSÌ disponibili e cortesi che JJ subito si innamorò di loro. Era come se li conoscesse da tutta la vita. Era piacevole e facile averli intorno, si sentiva a suo agio con loro, ed era un piacere guardarli. Trovava difficile non arrossire e non pensare al sogno che aveva fatto di un ménage sessuale con tutti loro come protagonisti.

Rafe era il più alto dei due. Aveva i capelli di media lunghezza color castano scuro con ciocche che si arricciavano lungo il collo. Aveva gli occhi marrone scuro, il naso un po' fuori centro, il che probabilmente significava che era stato rotto in un punto e non reimpostato correttamente.

Quello che l'attirava di più in quel cowboy era la sua calma, la sua natura pacifica. Lui la tranquillizzava con la sua voce morbida e l'atteggiamento informale.

Anche Dan era carino. E divertente. La faceva ridere molto. Portava i capelli un po' più lunghi di Rafe, ma i suoi erano ondulati e di un castano chiaro, e aveva gli occhi verde scuro che le ricordavano il verde dei boschi della zona. Entrambi gli uomini non erano rasati di fresco e le barbe corte oscuravano le guance e le mascelle.

Indossavano magliette di flanella e jeans aderenti color blu che fasciavano come una seconda pelle i loro sederi perfetti e sensualissimi. Sederi che le ricordarono il cowboy assente, quello che l'aveva baciata con tanta dolcezza la sera prima, e al ricordo del quale lei aveva continuato ad arrossire fino al primo pomeriggio ogni volta che aveva pensato al bacio e a lui.

Ma dov'era? Non voleva apparire interessata, così si sforzò di non chiedere nulla a Rafe o Dan mentre le mostravano il ranch stanza per stanza. E venne fuori che lei aveva dormito nella camera da letto del suo capo.

Accidenti, probabilmente pensava che fosse una specie di ubriacona e la odiava per avergli rubato il letto. Aveva così tanto da scusarsi con lui che quasi volle non rivederlo più.

Rafe e Dan le mostrarono il cibo che si trovava nella dispensa, così come la piccola cantina nel seminterrato e due grandi congelatori nella mudroom. Le fecero anche vedere il generatore che stava appena fuori dalla casa dove uno dei due generatori più grandi faceva tranquillamente le fusa.

Poi venne la lavanderia. Era situata appena fuori dalla mudroom, accanto al loro ufficio e in fondo al corridoio della camera da letto dove aveva dormito la notte prima. La lavanderia aveva un sacco di finestre, due lavatrici e due asciugatrici. Notò un filo di quelli su cui si appende ad asciugare il bucato appena fatto, che partiva da una piattaforma esterna e scompariva nella neve turbinante.

Strano, anche che, pur essendo intrappolata lì nel bel mezzo di una tempesta di neve, non fosse caduta vittima di un altro attacco di panico o di claustrofobia. Non si sentiva così libera da, be', non sapeva da quando.

Per il pranzo, gettò via la pancetta bruciata e i ragazzi le insegnarono a non bruciarla. Poi mangiarono panini con pancetta e formaggio, e come da loro richiesta, JJ preparò un bel po' di caffè. Quando se ne andarono per tornare alle loro attività, lei ormai sapeva dove erano conservate tutte le scorte di cibo.

Per la cena, era stata incaricata di riscaldare lo stufato di orso avanzato che si trovava nel frigo e di sorprenderli con il dessert.

La casa era tranquilla senza loro intorno e JJ scoprì che la pace le piaceva davvero. Sì, non le sarebbe dispiaciuto stabilirsi lì e lavorare per quei ragazzi. Non le sarebbe dispiaciuto affatto.

"CHE DIAVOLO STA SUCCEDENDO qui?" mormorò Brady entrando nella sala e guardando le luci di Natale in miniatura che lampeggiavano dietro a un paio di finestre incrostate di ghiaccio. Poi osservò la ghirlanda verde intessuta di luci scintillanti che cadevano a cascata dalla mensola del camino.

Era rimasto nella stalla per la maggior parte del pomeriggio, trovando ogni genere di cose da fare per tenersi occupato. Aveva aiutato una mucca a partorire il suo primo vitello e tenuto d'occhio entrambi finché non era stato certo che la vacca e il vitello andassero d'accordo. Soprattutto, aveva cercato di non pensare alla donna che aveva in casa, ma il suo stomaco brontolante lo aveva infine costretto a cercare cibo.

Sentendo il tono cupo della sua voce, la donna alzò lo sguardo dal punto in cui si trovava, seduta sul divano a ispezionare le scatole aperte che sua sorella aveva inviato. Quando lo vide, la sua bocca formò una dolce "O", e il senso di colpa le alterò i bei lineamenti. Si alzò subito.

"Mi dispiace. Forse non avrei dovuto guardare tra le decorazioni natalizie? Dan e Rafe hanno detto che andava bene, ma se così non è..."

"Va bene." Perché diavolo la sua voce suonava così scontrosa e altisonante?

Non c'era da stupirsi che lei lo guardasse con sorpresa e disagio. Accidenti, non era così che voleva che lei reagisse in sua presenza.

"Sono di cattivo umore quando ho fame." Le parole gli uscirono di bocca prima che potesse fermarle. Sperava che lei non pensasse che lui intendesse la fame sessuale, perché era proprio quello a cui lui stava pensando.

Ecco, ora lei era di nuovo nella sua mente.

"La cena è quasi pronta, la sto riscaldando sui fornelli, e il caffè sta uscendo. I ragazzi sono di sopra che stanno facendo la doccia."

Dannazione, gli piaceva molto il suono melodioso della sua voce.

Si morse il labbro inferiore mentre uno sguardo timido balenava nei suoi occhioni marroni. Era graziosa. Troppo dannatamente graziosa per un tipo rozzo come lui.

"Senti, ahem, vorrei scusarmi per ieri sera," disse piano. "Avevo bevuto sperando che questo mi calmasse i nervi. È solo che non mi piace volare."

Era proprio così. Sì, poteva anche mentire per proteggersi ma era evidente che era sincera.

"Non ti preoccupare." Perché aveva appena detto una cosa del genere? Aveva trascorso tutto il giorno cercando un modo per dirle che non poteva funzionare e che doveva andarsene appena possibile. Eppure, uno sguardo al suo corpo deliziosamente scolpito e agli occhi pieni di eccitazione mentre guardava con desiderio le decorazioni natalizie nelle scatole, e ci ripensò sentendosi un fallito come se avesse avuto una brutta mano a carte.

Merda. Se se ne fosse andata via da lì, avrebbe probabilmente dovuto tornare in prigione. Questa idea lo sconvolse. Lei, in carcere? Per dieci anni? Sembrava troppo giovane per essere una detenuta.

"Che ne dici di un caffè?" suggerì JJ con un sorriso e il suo coraggio di cacciarla morì quando delle deliziose fossette le comparvero sulle guance.

Brady annuì e si avviò verso la macchina del caffè, contento che fosse stata già istruita circa il fatto di tenere il caffè pronto prima dell'inizio della cena. Forse la sua subdola sorella sapeva quello che stava facendo quando aveva mandato lì JJ. Nonostante questo, lui l'avrebbe ricoperta di merda non appena si fosse degnata di rispondere al telefono.

"Per favore, siediti che ti servo il caffè," gli disse piano.

Gli era arrivata da dietro, e lui inalò il suo fresco profumo lentamente, assaporando il suo odore. A malincuore, si allontanò da lei e prese posto a capotavola.

"È un bel tavolo di pino," disse un attimo dopo mentre gli metteva davanti una fumante tazza di caffè nero. Poi accarezzò la parte superiore del tavolo con le dita. Gli piacque il modo gentile con cui lo fece.

Quel commento lo inorgoglì, gli piaceva quel tavolo da pranzo. Era lungo cinque metri buoni e largo tre. Era stato lucidato fino a farne brillare i nodi e poi lui e i suoi due amici avevano tinteggiato il legno fino a quando questo non aveva assunto un colore dorato.

"Lo abbiamo disegnato io e i ragazzi e lo abbiamo ricavato da un paio di pini che abbiamo preso al di fuori delle nostre terre. Abbiamo una segheria dietro uno dei granai e ci divertiamo a fabbricare mobili. Abbiamo fatto praticamente ogni pezzo che vedi in casa."

"Mi piace tutto, qui. È rustico e un vero spettacolo per gli occhi."

"Non è uno stile troppo maschile per te?" Perché le aveva fatto quella domanda?

"No, niente affatto; non ho mai visto tanta bellezza nella mia vita. Qui tutto è perfetto."

Be', lei era la prima donna che gli diceva una cosa del genere.

Continuò a guardarla mentre continuava a sfiorare il tavolo. Aveva belle unghie, tagliate corte e senza nessuno smalto stravagante. Gli piaceva il fatto che lei non fosse fissata con il trucco e tutta quella roba che le donne si mettevano addosso per sembrare più belle.

"Rafe e Dan hanno detto che voi ragazzi avete assunto delle persone per costruire la casa e che avete ricavato il legno per le pareti dalla foresta."

Quando JJ si accorse che lui le stava guardando la mano, smise di accarezzare il tavolo e incrociò le dita davanti a sé. Era ancora un po' nervosa ma lui non gliene fece una colpa. Dopotutto era il suo primo giorno di lavoro.

"Sì, sono partiti con le motoseghe e le asce e hanno costruito la casa con gli alberi della foresta vicina. Hanno tirato su la casa così come avevamo progettato. Poi l'elettricista e l'idraulico sono venuti e hanno fatto la loro magia. I tecnici idraulici e quelli della compagnia dei telefoni hanno passati i tubi e i cavi e in pochissimo tempo eravamo operativi e collegati con il mondo. In questo momento, con il black-out elettrico, abbiamo dei generatori per produrre energia ma stiamo pensando di mettere dei pannelli solari sui tetti nel giro di un anno o due."

"Impressionante."

Un silenzio inquieto avvolse l'aria e Brady sorseggiò il caffè. Il liquido fumante aveva un sapore amaro e forte, proprio come piaceva a lui.

"Voglio davvero assicurarti che quello che è successo ieri sera non accadrà di nuovo," disse lei con calma.

Accidenti, stava parlando del fatto che si era sbronzata? O di quel dannato bacio che si erano dati? Con sua grande sorpresa, le guance gli avvamparono al dolce ricordo di come la bocca di JJ si era aperta arrendendosi alla sua aggressione. Cazzo, non arrossiva da quando era un adolescente.

"Sono sicuro che le cose andranno bene," rispose e prese rapidamente un altro sorso del liquido bollente.

Per fortuna, lei si allontanò e tornò in soggiorno.

"Allora, ti piacciono queste decorazioni natalizie? Rafe e Dan hanno detto che le ha mandate tua sorella Jenna. Penso che abbia un gusto squisito."

A quanto pare la ragazza non era alla ricerca di una risposta, perché era già tornata al divano e aveva cominciato a ispezionare le sue scatole.

Le sue scatole.

Si comportava come una bambina nel giorno di Natale. I suoi occhi si spalancarono per lo stupore quando tirò fuori un delicato angelo di vetro da una delle scatole.

"Questo è uno dei miei preferiti," disse. Glielo porse perchè lui vedesse meglio il piccolo angelo che girava su una corda dorata. Doveva ammettere che la decorazione aveva un aspetto molto bello.

"Abbiamo bisogno di un albero," sbottò e lo guardò piena di aspettative.

Lui non osò dire di no.

"Quando la bufera si placherà, avremo finito tutti i lavori e avremo ultimato il controllo del bestiame, usciremo a tagliare un albero."

Lei gli sorrise e le sue fossette spuntarono di nuovo. Le viscere di lui sobbalzarono.

"Ho sentito qualcuno parlare di un albero di Natale?" sghignazzò Dan quasi volando giù per le scale. Le scale, notò Brady, avevano a loro volta luci bianche che penzolavano dal corrimano.

Doveva ammettere che le luci facevano festa, anche se probabilmente rappresentavano un salasso per via dei consumi di elettricità.

"Brady ha detto che potremo andare a cercare un albero quando la bufera cesserà. Oh!" Improvvisamente mise una mano sulla bocca mentre un'espressione sconvolta le montava sul viso.

"Mi dispiace. Dovrei chiamarti Signor...? Io non so nemmeno il tuo cognome."

"Brady va bene," li interruppe Dan. "Siamo molto informali qui."

JJ annuì e avvolse l'angelo di vetro nella carta velina rossa, poi con delicatezza lo risistemò in una delle scatole.

Rafe si precipitò giù per le scale. "Che profumino! Quando mangiamo? Sto morendo di fame," gridò fregandosi le mani con somma aspettativa.

"Tu hai sempre fame," lo rimproverò Dan mentre lui e Rafe prendevano posto a tavola.

Brady sorrise tra sé. Rafe aveva tirato indietro i capelli e indossava una delle sue polo migliori.

Era un dato di fatto, ora che se ne era accorto, che anche Dan era vestito alla moda e sembrava più pulito del solito nella sua camicia bianca. Quello fece sentire Brady inadeguato, non era vestito abbastanza bene per la cena, visto che indossava la camicia da lavoro e dei vecchi jeans sgualciti. Avrebbe dovuto rendersi presentabile anche lui, ora che avevano una bella donna in casa.

Sì, lei era davvero carina con quella criniera di capelli castano scuro e i seni dolci che spingevano contro una camicetta che sembrava troppo stretta. Improvvisamente, ebbe la sensazione che fosse stata lì da sempre. Scosse la testa. Ora sapeva per certo che si stava comportando da stupido.

Tutti tacquero e guardarono JJ, che sorrideva loro mentre si affaccendava ai fornelli.

"Signori, la cena è servita."

LA CONVERSAZIONE ERA vivace. Con sua sorpresa, a JJ piaceva servirli. Le piaceva il loro essere tanto alla mano e la capacità che avevano di interagire bene l'uno con l'altro, o le loro conversazioni sul bestiame e i progetti per il ranch.

Erano come una macchina ben oliata. Ognuno aveva i suoi doveri e ciascuno raccontava quello che avevano fatto durante il giorno. Parlarono dei problemi che avevano incontrato e di come li avevano risolti o di cosa dovevano fare per risolverli.

Erano molto gentili quando si rivolgevano a lei e facevano di tutto per includerla nella conversazione chiedendo la sua opinione. Si sentiva davvero a casa. Era molto meglio di come avesse mai sognato.

Nonostante l'inizio, tutto si era aggiustato e ora era perfetto. E lei era lì da meno di ventiquattro ore!

A DAN PIACEVA AVERE JJ in casa; aveva capito subito dove si trovava ogni cosa non appena lui gliel'aveva mostrata. Preparava ottimi panini a pranzo, e aveva insistito che ognuno mangiasse una mela dopo il pasto. Non si era lamentata poi così tanto di quanto fosse desolato il luogo, come invece avevano fatto tutte le altre che erano state lì da loro.

Lei in realtà sembrava essere a suo agio in quel luogo. La sua allegria non poteva essere falsa. Considerato quanto a lungo era stata in prigione, lui immaginò che le sarebbe servito del tempo per ambientarsi, soprattutto considerando che lei poteva essere ancora sotto l'effetto dei farmaci che loro avevano trovato.

Ma, mentre serviva la cena - seppure si trattava di avanzi – JJ metteva i piatti sul tavolo con facilità e sicurezza. Era un tipo spontaneo ed era di casa. Se Brady avesse sollevato la questione di sbarazzarsi di lei, lui avrebbe alzato la voce per protestare.

Ma a giudicare dal sorriso sulle labbra di Brady e da quello conquistatore sulla bocca di Rafe, Dan dedusse che non avrebbe sentito obiezioni da parte di nessuno dei due. Vedendola a tavola seduta a mangiare con loro e osservandola mentre serviva il dessert, che si era rivelato essere un budino al cioccolato ben montato in grandi tazze, Dan si rese conto che voleva quella splendida donna nella sua vita.

E non intendeva in un rapporto di lavoro. Voleva di più. Voleva dannatamente di più.

4.

A Rafe ricordava un gattino randagio.

La sera prima, quando era arrivata, gli era sembrata persa e fuori del suo elemento. Il giorno dopo, invece, appariva sicura, felice, ed era sbocciata trasformandosi in una donna dannatamente sexy.

A cena, non riusciva a tenerle gli occhi staccati di dosso e dovette costringersi a concentrarsi su ciò che Brady e Dan stavano dicendo. Quando arrivò il suo turno di fare un rapporto della sua giornata di lavoro, a stento riuscì a trattenersi dal vantarsi di quanto lavoro avesse fatto a trasportare il fieno con la motoslitta dai campi a sud fino a dove i giovani manzi Angus vivevano allo stato brado. I manzi erano già ben formati e grassi al punto giusto. Dopo una buona primavera e una adeguata estate, in autunno si sarebbero trasformati in ottima carne biologica e avrebbero reso un mucchio di dollari.

Gli piaceva la curiosità di JJ. Faceva domande su come portassero il bestiame fino al mercato e lui le spiegò che facevano come nel passato: lo conducevano attraverso i boschi. C'erano parecchi fiumi e molte aree verdi, che un tempo erano state foreste. A causa del disboscamento da parte dei baroni del legname che non avevano ripiantato gli alberi, i prati prosperavano nel nord del paese.

Quei prati, fiumi e laghi erano utilizzati per nutrire e abbeverare il bestiame e rimpinguavano gli animali che perdevano peso durante la traversata. I bovini venivano guidati verso una ferrovia a circa un centinaio di chilometri dal ranch. Era stato contento di vedere che non si era scandalizzata o dispiaciuta, quando le aveva detto che il bestiame andava via ferrovia fino al macello e che poi veniva confezionato con il loro marchio di carne biologica.

Il ranch era la loro vita, così come lo era il loro bestiame. C'erano parecchie persone che giuravano che la loro carne cotta alla griglia fosse la più succosa e gustosa. E loro avevano robuste vendite a dimostrarlo.

Sì, JJ era davvero un buon acquisto per tutti loro e Rafe non vedeva l'ora di parlare al telefono con Jenna per ringraziarla di quel fantastico regalo di Natale.

BRADY CERCAVA DISPERATAMENTE di mantenere la mente concentrata su quello che gli altri due stavano dicendo in materia di business. Ma quella continuava a vagare verso JJ e ciò che il suo profumo invitante stava facendo al suo cazzo. Più volte, aveva spostato il sedere sulla sedia per allentarsi i jeans, che erano improvvisamente diventati troppo stretti.

Vide che i ragazzi prestavano attenzione a ogni mossa di lei, proprio come faceva lui. Per fortuna, però, non si resero ridicoli guardandola con occhi da cerbiatti in calore e il pasto proseguì senza problemi. Il dessert era davvero squisito; non aveva mai assaggiato un budino al cioccolato così buono e per un attimo ebbe qualche potente visione di lui che lo leccava via dai capezzoli di JJ, ne spalmava un po' sul suo clitoride e poi lo portava via mentre affondava in lei.

Un giorno, forse...

DOPO CENA, JJ INVITÒ i ragazzi a uscire dalla cucina in modo che lei potesse ripulire e i tre si ritirarono nel soggiorno adiacente dove iniziarono subito a giocare a carte. Sentirli ridere e urlare quando uno vinceva o perdeva la fece sorridere. Quando ebbe finito con i piatti ed ebbe ripulito, si scusò e si ritirò nella sua stanza non volendo intromettersi nel loro divertimento.

Non sapeva quanto tempo era stata seduta a gambe incrociate sul letto matrimoniale godendo della vista dell'arredamento rustico rosso e marrone, ma certo era che ancora non riusciva a credere che le fosse stata data una camera così bella. Continuava a resistere alla tentazione di pizzicarsi per paura di svegliarsi e scoprire che era stato tutto un sogno.

Non più di quarantotto ore prima era in una cella di prigione, chiusa dietro le sbarre, in attesa di farsi almeno altri dieci anni. La mattina presto, subito dopo la prima colazione, era stata convocata nell'ufficio del direttore. Il direttore le aveva chiesto se era ancora interessata far parte del progetto Freedom Run e JJ aveva detto di sì.

Era rimasta per scoprire che c'era un solo posto disponibile. Aveva quasi dimenticato che aveva fatto domanda per quel posto più di un anno prima, quando era girata la voce che quel progetto era stato istituito di recente.

Lei era subito andata dal direttore, che le aveva dato un modulo di domanda da compilare. Era stata avvertita che trovare un posto avrebbe potuto richiedere anni. Forse non l'avrebbero mai presa ma lei aveva scritto il suo nome comunque.

C'era stata un'udienza straordinaria il giorno stesso, all'insaputa delle sue compagne di prigionia. Era rimasta stordita quando le avevano detto di sì perché le era stata negata la libertà per buona condotta già due volte.

Ed eccola lì, ora, in quella bella camera da letto con lenzuola color ruggine e trapunte, un grande letto con una splendida testiera di pino e mobili abbinati.

Le piaceva l'aspetto di quella casa. La sua stanza aveva il suo bagno e la doccia. Le avevano dato la camera da letto vicino alle scale che le avrebbe permesso di sgattaiolare giù al mattino per iniziare la giornata. JJ aveva già passato in rassegna tutte le faccende da fare mentre sedeva al centro del suo letto a fissare l'arredamento rustico e a immergersi nei toni lusinghieri del rosso e del marrone.

Le valigie stavano ai piedi del letto, aperte ma non disfatte da quando le aveva rapidamente ispezionate quella mattina in cerca di qualcosa di adatto da indossare dopo la doccia.

Chi aveva acquistato l'abbigliamento aveva comprato tutto una taglia troppo piccola. Così il suo vestiario era un po' scomodo ma non le importava. Era libera.

Qualcuno bussò alla porta e JJ diede il permesso di entrare senza chiedere chi fosse. Non aveva nemmeno pensato di alzarsi dal letto. Non aveva nemmeno pensato di andare alla porta e aprirla.

Così, quando quella si spalancò, vide che era Brady, il quale rimase fermo sulla soglia. Non entrò. Sembrava un po' titubante, forse persino timido.

"Hai dimenticato la tua borsa. Ho pensato che potesse servirti." La lasciò cadere sulla sedia che si trovava proprio accanto alla porta.

"Grazie." Aveva dimenticato di averla portata al piano di sotto dopo aver fatto la doccia perché aveva pensato di aver bisogno di tenere le medicine a portata di mano. Nel caso in cui servissero. Con grande sorpresa, si era persino dimenticata di averle.

"Grazie."

Pensò che se ne sarebbe andato ma, quando vide che continuava a restare lì e a guardarla, JJ si rese conto che aveva qualcosa da dirle. Forse aveva visto le medicine? In fondo, la borsa era aperta.

"Soffro di claustrofobia. Non sopporto i viaggi in aereo e i luoghi troppo angusti. Ecco perché ho le pillole," confessò.

Eppure, anche se gli aveva già spiegato il suo problema, lui sembrava ancora sorpreso.

"Ti è venuta la claustrofobia perché eri in prigione? Vivere chiusi in una cella probabilmente farebbe lo stesso effetto a molte persone."

Lei esitò, non volendo approfondire l'argomento ma subito dopo decise che doveva conoscere la verità. O almeno una parte di essa.

"In realtà, no. Ho iniziato a soffrirne prima di finire dentro." Avrebbe voluto dire di più, ma era stata una bella giornata e non voleva farla finire riportando in vita i ricordi terribili di quello che era successo con il suo patrigno. Era stato un poliziotto con una disciplina ferrea. Ogni volta che lei faceva qualcosa di sbagliato, lui la picchiava e per punizione la chiudeva a chiave al buio in un armadio nel seminterrato. Era stato allora che JJ aveva cominciato ad avere problemi di ansia e claustrofobia. In un primo momento la madre aveva protestato con veemenza per quell'abuso, ma le troppe botte del suo nuovo marito l'avevano zittita.

Vedendo che Brady non faceva altre domande, lei si sbrigò a cambiare argomento.

"Da quanto tempo vivete qui voi tre?"

"Sette anni," rispose lui con un sorriso. Aveva notato in precedenza che gli piaceva parlare del suo ranch e dei mobili che avevano fabbricato.

"E voi ragazzi non vi sentite soli?" Oddio, da dove era uscita quella domanda? "Voglio dire, suppongo che non abbiate vicini, nessun posto per uscire e ballare o socializzare o..."

Improvvisamente lui le apparve un po' irritato. Anche deluso, magari?

"Fai sembrare questo posto come la cella di una prigione. Se non pensi di essere felice qui..."

Il panico la attanagliò. Voleva che se ne andasse?

"Oh mio Dio! No, non farti idee sbagliate. Amo questo posto. Amo la bufera di neve e la natura selvaggia. Tutto è così bello." Agitò le mani nella stanza. "Non avrei potuto chiedere una camera più bella."

Con sua sorpresa, lui sorrise.

Brividi di pura delizia l'attraversarono. Amava la curva sensuale delle sue labbra e le piaceva il fatto che lui sembrasse contento di sapere che lei era felice lì.

"Senti, se pensi di non poter sopportare la solitudine, ti prego di dirmelo. Mia sorella ti può trovare un'altra collocazione e allora non dovresti tornare in prigione. Quindi per favore non dire che ti piace qui solo perché hai paura di tornare dentro."

Oh wow, le leggeva dentro come un libro.

"Scherzi a parte, mi piace qui. Mi piacerebbe che voi ragazzi mi deste un'opportunità."

Lui annuì.

"Va bene allora. Nel caso in cui i ragazzi non te l'abbiano detto, spegnamo i generatori alle nove. Se hai bisogno di tenere le luci accese, ci sono lampade a olio e fiammiferi." Indicò uno scaffale di pino con due lampade a olio.

"Basta tenerle lontano dalle coperte e non addormentarsi quando sono accese. E se hai bisogno di una torcia elettrica, ce n'è una nel comodino accanto al letto."

"Grazie di avermi avvisato delle luci."

"Oh, e riguardo al camino..." Lui avanzò nella stanza e si diresse al camino. Accidenti, aveva spalle larghe tanto che faceva sembrare la camera molto più piccola, ma in un modo bello e accogliente.

"Mando avanti il fuoco, così starai al caldo per qualche altra ora, ma farà freddo la mattina presto. Io riavvio i generatori alle cinque, facciamo colazione alle cinque e mezzo e usciamo alle sei. Il pranzo è di solito verso le undici e la cena alle quattro perché fa buio presto durante i mesi invernali."

"Buono a sapersi. La colazione sarà pronta alle cinque e mezzo." Bontà, erano mattinieri.

Cadde il silenzio mentre JJ osservava come lui accartocciava un foglio di carta, sistemava alcuni piccoli pezzi di legna da ardere uno sull'altro e poi accendeva il fuoco. Fiamme arancio consumarono rapidamente la legna. Poi mise alcuni ciocchi più grandi in cima alla piccola catasta. Usò la stessa tecnica che Dan aveva usato quella mattina quando aveva acceso il fuoco nel camino del soggiorno.

"Quando il fuoco prende meglio, getta in un paio di tronchi spaccati. Pensi di poter gestire la cosa?"

"Non sono una girl scout, ma credo di poter gestire la cosa, sì."

"Se hai bisogno di aiuto, basta bussare alla parete. La stanza di Rafe è dall'altra parte. O chiama Dan che sta di fronte al disimpegno. O vieni a chiamarmi."

"Certo, grazie." Dubitava che li avrebbe disturbati. Voleva diventare il più indipendente possibile per dimostrare loro che era una buona impiegata.

Lui si avviò verso la porta.

"Brady?"

Si voltò. "Sì?"

"Quando pensi che potremo prendere l'albero di Natale?"

Lui sorrise di nuovo. Dio, quanto amava il suo sorriso.

"Lo prenderemo, non preoccuparti, probabilmente entro il fine settimana. Prenderemo le motoslitte e andremo a cercarne uno."

Motoslitte? Fantastico! Non era mai stata su una motoslitta prima.

"Va bene, ci vediamo a colazione." Il suo tono era tornato vivace.

"Benissimo. Dimenticavo di chiedere. Vuoi che ti prepari un pranzo al sacco o tornerai a mangiare?"

Egli esitò, ora sembrava di nuovo timido.

"Sarò qui a pranzo. Buona notte," disse un attimo dopo.

"Buonanotte."

Brady annuì e poi si chiuse la porta alle spalle. Lei si lasciò sfuggire un sospiro di sollievo.

Oh, mio Dio! Non era sicura del perché lui la rendesse così nervosa e così attenta nei suoi confronti. Sperava solo di non fare più sogni bollenti come quello che aveva fatto quella mattina, poco prima di svegliarsi. Se così fosse stato, avrebbe trovato incredibilmente difficile mantenersi concentrata sul lavoro. Lei voleva davvero quel lavoro, perché quei tre ragazzi erano la cosa più vicina alla tranquilla vita familiare che lei non viveva da tanto tempo.

BRADY ESALÒ UN LENTO sospiro mentre si allontanava dalla stanza di JJ in assoluto silenzio. Trovarla seduta a gambe incrociate sul letto, apparentemente del tutto a proprio agio come se appartenesse a quel luogo, gli aveva scatenato un'assurda voglia di lei.

Cavolo, non aveva mai reagito in modo tanto bollente a una donna. La sua mente era del tutto fuori controllo con l'unica idea fissa di fare sesso con lei. Solo con lei. Con nessun'altra donna.

Dannazione. Come diavolo avrebbe fatto a gestire quel bisogno?

Conosceva diverse donne con cui loro tre avevano rapporti sessuali. Poteva chiamare una di loro ma nessuna di quelle donne lo faceva sentire come si sentiva quando era con JJ.

Doveva parlare con Dan e Rafe e capire quali fossero le loro reazioni alla presenza della ragazza, ma decise di non farlo. La sua confessione non avrebbe fatto altro che guadagnargli un'altra presa in giro da Dan e troppe domande da Rafe.

Avrebbe affrontato il problema da solo. Almeno per il momento.

RAFE ERA A LETTO E ascoltava i passi di Brady uscire dalla camera da letto di JJ. Li aveva sentiti parlare e si chiese cosa avesse spinto l'amico a osare andare in camera della ragazza.

Merda, lui stesso non aveva fatto altro che cercare scuse per poterla vedere e ne aveva trovate parecchie, ma poi si era tirato indietro. Era la seconda notte di JJ al ranch e lui si chiese come diavolo sarebbe stato in grado di dormire con lei che giaceva in un letto proprio oltre la parete della sua camera.

Di solito, non andava a dormire così presto. Nemmeno Dan. Ma a causa della bufera e della mancanza di elettricità, sapeva che le luci si erano spente alle nove. Da quando era il turno di Brady occuparsi del generatore, Rafe aveva deciso di infilarsi in anticipo sotto le coperte e masturbarsi un po'. E sapeva che anche Dan e Brady si sarebbero masturbati quella sera.

Sarebbe stato disumano non reagire davanti a un pulcino sexy come JJ.

Spense la lampada sul comodino, infilò le mani sotto le coperte e chiuse le dita intorno al suo cazzo gonfio e dolorante.

L'ECCITAZIONE SCORREVA nelle vene di JJ e aprì gli occhi pienamente consapevole che qualcuno era in camera da letto con lei. La luce del camino si inerpicava romanticamente sulle pareti e sul soffitto e lei rimase a bocca aperta quando scorse Brady, Rafe e Dan. Stavano uno accanto all'altro, in fila, ai piedi del suo letto, e la guardavano. Indossavano i loro cappelli da cowboy e nient'altro. Muscoli tonici definivano i loro corpi nudi. Ognuno teneva in mano il suo cazzo gonfio, e ognuno lo massaggiava per tutta la lunghezza.

La consapevolezza di quello che stava per accadere la fece rabbrividire. Non si era resa conto che le trapunte non la coprivano più: aveva le gambe divaricate e una mano tra le cosce, e godeva nell'accarezzarsi la piccola gemma ultra-sensibile che era il suo clitoride.

Oh mio Dio, stava sognando o erano davvero lì?

"Va tutto bene?" sussurrò.

"Vogliamo fare l'amore con te," sussurrò Brady.

L'eccitazione la scosse. Si bagnò e le sue dita sfregarono sul clitoride con maggiore energia.

"Non riusciamo a smettere di pensare a te," ringhiò Rafe.

Allungò la mano e se la passò sul seno. Le sue dita trovarono un capezzolo e lei lo schiacciò fino a quando questo non s'indurì e divenne dolcemente dolorante; poi passò all'altro capezzolo e fece la stessa cosa.

"Non ci stuzzicare in questo modo, JJ." La voce di Dan era roca e graffiante.

"Siete voi che state stuzzicando me," disse lei in un soffio.

JJ emise un sospiro teso mentre continuavano a fissarla accarezzandosi i cazzi gonfi. Il respiro di JJ si fece più corto mentre si strofinava i seni e si massaggiava il clitoride bagnato. Il piacere la pervase come una lingua di fuoco.

Quegli uomini erano intoccabili. Guardare ma non toccare. Fantasticare ma non scopare.

Un calore carico di malizia la squassò mentre ciascuno dei loro membri si gonfiava e si allungava davanti a lei. Sembravano così sexy con addosso solo i loro cappelli da cowboy. Voleva toccare i loro muscoli e sentire la loro durezza sotto le sue dita.

Voleva avvolgere le mani intorno a ciascun pene e prenderne uno in bocca, un altro nella figa e un altro ancora nel culo. Il dolore intenso dentro di lei aumentava. Desiderava essere posseduta da loro.

Inarcò i fianchi e gemette all'idea di una tripla penetrazione, di quei cazzi dritti e turgidi che affondavano in lei. Schiaffi bollenti della loro carne contro il suo corpo che fremeva. Gemiti gutturali di eccitazione riempirono la sua camera da letto.

"Scopatemi," li pregò.

Ma loro non si muovevano, non dicevano una parola. Restavano solo lì a guardarla. I loro occhi erano intorbiditi dal desiderio e dal bisogno di lei. Si massaggiavano il cazzo con gesti lenti e tortuosi.

Il viso di JJ avvampava mentre i loro sguardi vagavano sui suoi seni e poi più in basso. Fissavano la sua mano tra le cosce mentre lei si penetrava con le sue stesse dita. La sua figa gonfia pulsava mentre passava le dita tra le pieghe di carne e si tuffava dentro e fuori dalla vagina con disperata frenesia.

Oh, accidenti a loro! Avrebbe terminato il lavoro da sola!

Il respiro accelerò mentre sfregava le dita sul clitoride. E strofinò fino a che il piacere montò. Poi tuffò le dita nella vagina.

L'eccitazione cresceva, JJ provava dolore. Singhiozzò e sfregò con più forza.

Le cosce si chiusero, lei diede una spinta più profonda e rapida e poi esplose, e il corpo le si piegò in due in un vortice di piacere.

JJ si svegliò con un sussulto strozzato con il cuore che si schiantava contro la cassa toracica. Le coperte erano aggrovigliate intorno alle cosce e la mano era ancora imbrigliata tra le gambe tremanti.

La figa era bagnata. Il suo corpo teso per l'orgasmo.

La stanza era vuota. Nessun cowboy nudo. Era stato un sogno. Così vivida, la sua maliziosa fantasia. L'intenso bisogno che loro la scopassero si tramutò in dolore. Il corpo le doleva e il clitoride pulsava sotto le sue dita.

Al di là del rumore del suo respiro pesante, la neve scendeva e il vento soffiava contro le finestre buie. Ma all'interno della casa, regnava una tranquillità inquietante. Nessun fuoco crepitava nel camino e la sveglia a batteria ticchettava con discrezione sul comodino. Quattro e cinquantanove. La sveglia sarebbe suonata nel giro di un minuto.

JJ tirò un profondo respiro, allungò la mano e spense l'allarme prima che potesse distruggere la quiete. Poi accese la lampada sul comodino. Non era successo niente.

Accidenti, mancava ancora l'elettricità ma Brady avrebbe presto avviato i generatori. Per la doccia calda, JJ avrebbe dovuto aspettare fino a quando il generatore avesse riscaldato il serbatoio dell'acqua.

Le guance avvamparono per il senso di frustrazione sessuale che le rodeva dentro perché voleva che il suo sogno fosse realtà, pur sapendo che era meglio lasciare certe scandalose fantasie alla sola immaginazione.

Da qualche parte sentì il rombo di un motore, e un secondo dopo, la luce si accese. Brady si era alzato. Gli altri due ragazzi sarebbero saltati giù dal letto di lì a poco. E sarebbero stati affamati.

Con un gemito, si liberò delle coperte e scese dal letto.

LA SETTIMANA PASSÒ in fretta, JJ amava i suoi doveri. La tempesta aveva portato così tanta neve che il ranch sembrava una casa di marzapane carico di zucchero a velo. I ragazzi trascorrevano la maggior parte del giorno fuori casa, nel fienile o lontano con il bestiame. Quando tornavano per i pasti, mangiavano come lupi affamati. Con l'aiuto di alcuni libri di ricette che aveva trovato in uno dei cassetti, JJ aveva preparato pasti semplici ma nutrienti.

Stava rimuovendo un bel pezzo di torta di lamponi dal forno quando, con sua grande sorpresa, il telefono squillò da qualche parte nel soggiorno. Trovò un telefono fisso nascosto sotto degli appunti su un tavolino.

"Moose Ranch, parla JJ. Come posso aiutarla?" Sapeva anche apparire professionale. Dopotutto, il ranch era un'azienda.

"JJ, che bello sentire la tua voce. Come stai? Mi sono persa un paio di vostre chiamate." Immediatamente JJ riconobbe la voce severa del suo giudice di sorveglianza e il buon umore svanì.

"Sto bene," disse freddamente. Aveva imparato a odiare le autorità: facevano cose cattive e la facevano franca. Proprio come il suo patrigno poliziotto l'aveva fatta franca ogni volta che faceva cose orribili come picchiare sua madre. Le poche volte che lei o sua madre avevano chiamato il 911 per chiedere aiuto, i suoi amici della polizia si presentavano, lo portavano fuori di casa e lo riportavano un paio d'ore più tardi, più furioso di quando era uscito. Dopo un po', entrambe erano troppo spaventate per continuare a chiedere aiuto.

"Ho cercato di richiamare, ma ho sentito che c'era una tempesta dalle vostre parti, che ha fatto cadere le linee telefoniche."

"Giusto questa mattina è tornata l'elettricità." *Sparisci e lasciami vivere la mia vita in pace.* Era andata alla grande fingendo di non aver appena trascorso gli ultimi dieci anni della sua vita in carcere. Ora questa donna arrivava a distruggere la sua pace ritrovata.

Seguì un silenzio imbarazzante. Avrebbe voluto avere il coraggio di riagganciare e non rispondere mai più a nessuno ma se le avesse riattaccato il telefono in faccia, quella donna avrebbe probabilmente mandato lì una squadra SWAT.

"Hai bisogno di aiuto per qualcosa? Ci sono problemi che desideri discutere riguardo il tuo lavoro?"

"No."

"I tuoi capi ti trattano bene?"

JJ sorrise al telefono chiedendosi se la pimpante Sabrina Heathers sarebbe svenuta sapendo che lei sognava di scoparsi i tre cowboy. Inutile dirle che erano solo fantasie, ma accidenti quanto voleva che fosse tutto vero.

"Sono perfetti gentiluomini. Non potevo chiedere dei capi migliori." Era vero, i tre ragazzi erano così dolci.

Giurò di sentire Sabrina sorridere al telefono. Se possibile, addirittura sentire qualcun altro sorridere.

"Attacchi di panico?"

"Nessuno." Quel posto perfetto l'aveva guarita.

"Meraviglioso. Quindi, stai prendendo le tue medicine, allora?"

"Nessun bisogno di medicine." Accidenti, quella donna era una tale maledetta ficcanaso.

"Perfetto. Posso parlare con uno dei tuoi datori di lavoro?"

Fu proprio in quel momento che Brady entrò in cucina. Cavolo, non l'aveva nemmeno sentito entrare.

"Sì, solo un minuto. Uno di loro è appena entrato."

La tensione le saettò dentro mentre teneva in mano il telefono e faceva cenno a Brady di venire in salotto. L'imbarazzo le riscaldò il viso.

"Il mio giudice di sorveglianza vuole parlare con te."

Brady non mostrò alcuna emozione mentre prendeva il telefono. Avrebbe voluto restare ad ascoltare ma sarebbe stato scortese. Inoltre, doveva mettere il pranzo in tavola. I suoi ragazzi erano affamati dopo aver atteso al loro bestiame e aver lavorato sodo.

"Salve, mi dispiace che non ci siamo tenuti in contatto ma le linee telefoniche sono fuori uso. Cosa posso fare per lei?" La forte voce di

Brady echeggiò nella stanza e sussurrò sopra le terminazioni nervose di JJ, portando la consapevolezza della sua presenza a livelli stellari ogni volta che era in giro.

Mantenendo un orecchio alla conversazione mentre preparava rapidamente panini di manzo arrosto e li impilava su un piatto, sorrideva delle sue risposte. Da quello che Brady aveva detto a Sabrina, sembrava che lei piacesse a tutti i ragazzi e che lavorasse meglio di quanto avessero immaginato.

Sì, era una lavoratrice coscienziosa e un'apprendista veloce, ed era la persona giusta per quel posto. Sì, i telefoni e l'elettricità erano stati fuori uso ed erano stati ripristinati giusto quella mattina.

Wow! Il suo giudice di sorveglianza faceva a Brady così tante domande che sembrava che volesse sapere se JJ avesse fatto qualcosa di sbagliato. Questo avrebbe dato alle autorità una scusa per venire a prenderla e riportarla in prigione, rinchiuderla e avere il pieno controllo di nuovo, proprio come il suo patrigno lo aveva su di lei. Si sentiva al sicuro lì. Non voleva tornare in prigione. Amava davvero prendersi cura di quei ragazzi.

Non aveva capito quanto i suoi nervi fossero tesi fino a quando il cuore non aveva cominciato a batterle fuori controllo e la voglia familiare di scappare urlando l'aveva colpita come un camion gigante. Era lo stesso panico terribile che aveva sperimentato quando era stata chiusa in cella o in quel maledetto ripostiglio nel seminterrato.

Non c'era scampo. Nessun controllo.

Aveva dimenticato quanto violente quelle sensazioni potessero essere. Il panico arrivò dal nulla all'improvviso. Le pareti della stanza cominciarono a vacillare e sembrarono chiudersi intorno a lei. L'ansia le dava la nausea e Jj non riusciva a respirare. La stanza diventò soffocante.

Oddio, stava per morire. Aveva bisogno di uscire di lì.

"JJ? Che cosa c'è che non va?" La voce profonda di Brady si schiantò attraverso i suoi pensieri frenetici. Aveva già appeso il telefono e aveva attraversato la cucina. Non si era nemmeno resa conto quando le aveva afferrato le mani e da quanto tempo gliele teneva strette.

JJ scosse la testa, l'ansia cresceva dentro di lei.

Oddio, stava per morire.

"Sembri spaventata. Stai avendo uno di quegli attacchi?"

"Sì." *Come era imbarazzante.*

Anche Dan e Rafe erano lì adesso. Quando erano arrivati?

"Basta respirare, profondamente e lentamente." La voce di Dan era rilassante mentre lei seguiva le sue istruzioni tornando pian piano alla normalità.

"Dove sono le tue medicine?" chiese Rafe. Il suo volto preoccupato le stava davanti.

"Nella mia stanza, ma non voglio prenderle." Oh, accidenti. Se avesse preso le sue medicine, sarebbe stata fuori fase e tramortita per il resto della giornata.

"Vado a prenderle," disse Rafe e se ne andò.

"Non essere così sconvolta," disse Brady in quella che lei percepì come una falsa allegria.

"Mi dispiace. Io non voglio essere un problema."

Si sentiva malissimo. Era orribile, e lei che si era comportata così bene fino a quel momento. Si sarebbe mai sentita normale? Il cuore le martellava nelle orecchie e le mani tremavano nella stretta di Brady. Voleva urlare e scappare.

Concentrati sul respiro. Il resto verrà da sé.

"È stata chiusa qui dentro per troppo tempo. Ha bisogno di aria fresca." Rafe era tornato. Accidenti, aveva fatto in fretta.

"Siediti, JJ. Bevi dell'acqua," le disse Dan. Brady l'aiutò a sedersi e poi le lasciò andare le mani. Si sentì abbandonata.

Le sue mani tremavano mentre accettava un bicchiere d'acqua da Brady, rifiutando però le medicine da Rafe.

"Sto bene. Datemi solo qualche minuto."

Con sua grande sorpresa, cominciava a pensare un po' più lucidamente ora che si stava concentrando sul controllo della respirazione, ma l'adrenalina continuava ad agitarla e le mani continuavano a tremare.

"Che diavolo ha scatenato tutto questo?" sbottò Dan.

"Ero al telefono con il suo giudice di sorveglianza, quando ha cominciato a guardarmi con gli occhi sbarrati," spiegò Brady.

"Accidenti, avevo dimenticato che dovevamo rimanere in contatto con loro," ringhiò Rafe.

"Mettiti addosso qualcosa di caldo. Usciamo a cercare l'albero di Natale." L'eccitazione di Brady vinse l'ansia di JJ.

L'albero di Natale. Sì, quella sarebbe stata una buona distrazione.

"Ma voi ragazzi avete bisogno di pranzare."

"Mangeremo quando torniamo. Hai già un aspetto migliore. Metto in moto le motoslitte," disse Brady.

I ragazzi si mossero rapidamente.

Rafe e Dan le stavano intorno come due chiocce e l'aiutarono a vestirsi in modo adeguato. Per il momento JJ era avvolta comodamente nel suo parka invernale, cappello, guanti e stivali. Il panico era diminuito e Brady aveva tre motoslitte giallo brillante accese che li aspettavano appena fuori dalla mudroom. Una delle macchine aveva una lunga slitta metallica agganciata sul retro.

"E vai!" urlò Dan mentre apriva la porta e accompagnava fuori JJ.

L'aria gelida sferzava la faccia, succhiando il fiato fuori dai suoi polmoni. Ma l'aria fredda era proprio quello di cui lei aveva bisogno. Era bello lì. La luce del sole brillava sulla neve come tanti gioielli e lei si sentiva come se stesse in piedi in mezzo a un villaggio innevato con un fienile, delle recinzioni e grandi capanni coperti di bianco.

Con sua grande sorpresa, si sentiva anche troppo bene. La distrazione di andare a cercare l'albero di Natale aveva scacciato l'ansia che quella stupida telefonata le aveva causato. Uscire era proprio quello che le ci voleva.

Stava finalmente per avere il suo albero di Natale!

5.

"Quello!" gridò JJ alle spalle di Dan e questi rallentò automaticamente la sua motoslitta. Fino a quel momento, JJ era stata tranquillamente seduta sulla panca imbottita dietro di lui, con le braccia strette intorno alla sua vita e la guancia appoggiata contro la sua spalla mentre lui seguiva le tracce che Rafe e Brady avevano tracciato con le loro macchine.

Dan seguì con lo sguardo le indicazioni della ragazza, che gli indicava di proseguire in avanti e poi a sinistra. Il pino se ne stava dritto e solo in mezzo a una grande radura.

Ed era enorme.

Aveva appena spento il motore, JJ si era affrettata a scendere dalla motoslitta e subito era affondata nella neve fino alle ginocchia. Aveva già tolto il casco e gli occhiali di protezione, poi la sorpresa le accese i lineamenti.

"Oh, mio Dio! Non sapevo che la neve fosse così profonda!" Rise.

"Questo non è niente. Aspetta fino a gennaio e febbraio. Ti passerà i fianchi."

Con sua grande sorpresa, lei iniziò ad avanzare con fatica verso quello che lui stimò essere un abete del Colorado alto più o meno due metri e mezzo e che stava a circa quindici metri dalla pista.

Dannazione, l'abero aveva davvero un bell'aspetto, doveva ammetterlo. Non gli andava molto di bagnarsi i pantaloni per guadare attraverso tutta quella neve. Per fortuna Brady aveva sistemato nella parte posteriore del rimorchio un paio di racchette da neve per loro e una sega.

Voleva chiamare JJ e convincerla a tornare indietro, ma lei era già arrivata all'albero. Nel giro di un minuto, aveva le sue racchette da neve assicurate agli stivali, un paio per JJ legate dietro la schiena e stringeva la sega a mano.

Quando lei vide l'albero, i suoi occhi brillarono di felicità e le guance le si arrossarono per il freddo.

Era davvero carina, sexy e dolce mentre fissava l'albero.

"Non so se questo è un bell'albero. È un po' sottile. Guarda quel punto vuoto proprio lì." Dan indicò una zona vuota inesistente e gli piacque quando lei scosse la testa e sorrise.

"Smettila di scherzare e di stare lì impalato. Questo è il nostro albero. Taglia," gli ordinò.

"Al tuo servizio, ma metti queste racchette da neve ai piedi così sarà più facile tornare indietro."

Le porse gli oggetti di legno palmati. Lei scosse la testa e rise mentre afferrava le racchette da neve e le osservava con attenzione.

"Non sono mai stata su un paio di queste in tutta la mia vita."

Poi la curiosità ebbe la meglio e lui sorrise mentre lei le metteva a terra sulla neve proprio davanti a sé.

"Non intendo indossare questi buffi aggeggi. Non si abbinano nemmeno bene al mio abbigliamento."

Dan sbatté le palpebre per la sorpresa. *Non si abbinavano al suo abbigliamento?* Era una maniaca della moda? Perchè, c'erano anche degli stilisti per le scarpe da neve?

Inaspettatamente, lei scoppiò a ridere. Il suono era così dolce che il fiato di Dan piombò dritto nei polmoni che quasi gli scoppiarono.

"Dovresti vedere la tua faccia. Te l'ho fatta!" Rise.

Cavolo, quanto era bella quando rideva. Quindi non era una ragazza di città, ma nemmeno di campagna.

Scosse la testa. Non di città. Non di campagna. Cosa diavolo stava pensando? Si mise a scavare la neve alla base dell'albero, poi conficcò la sega nella corteccia e cominciò a tagliare.

JJ avrebbe voluto una macchina fotografica per immortalare Dan mentre tagliava l'albero. Sarebbe stato così bene in salotto. Aveva già deciso dove metterlo: proprio accanto al camino e di fronte alla finestra del soggiorno.

Dan era sexy nel suo cappello invernale e con l'ombra scura della barba che gli ricopriva le guance arrossate e il mento. Era un ragazzo così allegro e lei adorava stare con lui. Forse poteva fare qualche bella fotografia a tutti e tre... qualcosa che glieli potesse ricordare se fosse accaduto un imprevisto, se lei fosse tornata in prigione. La tristezza le ripiombò addosso e JJ si incupì. Perché mai tutto quello doveva durare davvero? Nella sua vita, quando riusciva ad essere finalmente felice, accadeva sempre qualcosa di brutto. Perché questa volta doveva essere diverso?

"Albero!" L'urlo di Dan si schiantò contro i suoi pensieri mentre faceva un paio di passi indietro. Il rumore del legno che si spaccava squarciò l'aria. L'albero ondeggiò e poi cadde al rallentatore lontano da loro, schiantandosi sulla neve farinosa con un lungo sibilo.

"Vado a metterlo sul rimorchio e poi possiamo aspettare che i ragazzi tornino indietro quando si renderanno conto che non li stiamo seguendo," disse Dan. "Allacciati quelle racchette da neve che poi ti do una rapida lezione su come usarle. Una ragazza che vive qui ha bisogno di sapere come camminare con le racchette da neve."

Lei arricciò il naso mentre le fissava. Voleva chiedere a Dan come indossarle correttamente, ma lui aveva già afferrato l'albero, se l'era issato in spalla e si stava dirigendo verso la motoslitta.

Lui faceva sembrare tutto facile; mentre lei affondava nella neve fino alle ginocchia, lui praticamente ci camminava sopra. I piedi di JJ erano sempre umidi e freddi per via della neve che le era caduta negli stivali e si era sciolta. Non era molto comodo.

"Ma come faccio a mettermeli?" Chiamò Dan dopo che aveva sistemato l'albero sulla slitta. Non era nemmeno sicura che la slitta sarebbe stata in grado di trasportare l'abete perchè era nascosta da qualche parte sotto tutte quelle fronde.

"Ferma lì!"

Doveva ammettere che era rimasta colpita dalla facilità con cui lui camminava con le racchette da neve.

"In primo luogo, si posizionano le racchette vicino ai piedi," disse un attimo dopo, quando la raggiunse. "Poi si mette un piede in una scarpa. Ora ti terrò io, poi potrai fare da sola."

Il suo braccio si chiuse intorno alla vita di lei e la tenne ferma. Il profumo di Dan era gradevole, una combinazione di sapone con una sfumatura di dopobarba. Le piacque.

"Ecco," disse piano mentre metteva uno stivale su una racchetta da neve. Tenendola ferma con un braccio, si chinò e la legò allo stivale. Poi si raddrizzò.

"E ora l'altro piede," la istruì.

Lottò mentre tirava il piede fuori dalla neve, ma fortunatamente lui continuava a sorreggerla. Dan legò l'altro stivale e finalmente lei si trovò *sulla* neve e non dentro.

Era una sensazione incredibile.

"Credo che avremmo dovuto indossare le racchette prima di lasciare la motoslitta," disse lei con una risata.

"Credo di sì," mormorò lui. La teneva ancora stretta e lei azzardò un passo in avanti ma quegli aggeggi palmati ai piedi la facevano sentire a disagio.

"Tieni le gambe abbastanza distanti in modo da poter camminare senza che i bordi delle racchette si tocchino," le spiegò.

Lei annuì e fece un altro passo avanti. Poi un altro.

Lui la seguiva, il suo corpo premuto contro quello di lei mentre la teneva per la vita. Hmm, era bello sentire il suo fianco strofinare contro quello di lei, e improvvisamente JJ non riuscì a concentrarsi sulla camminata. Invece cominciò a chiedersi come sarebbe stato quel corpo sul suo, quel cazzo duro che spingeva forte nella sua figa.

Misericordia! Si stava scaldando troppo.

"Va bene, lasciami provare da sola." Con sua sorpresa, la voce si era fatta ansimante e roca. Aveva bisogno di stare un po' lontano da Dan, in modo che potesse concentrarsi sulle racchette da neve e non su di lui.

Lui fece come lei gli aveva chiesto e JJ fece un passo in avanti, ma qualcosa impedì al suo piede di muoversi e improvvisamente lei volò. Un secondo dopo la sua faccia gelida incontrò la neve farinosa.

Dietro di lei, Dan imprecò sottovoce. Poi le sue mani forti l'afferrarono per la vita ed ecco che volò di nuovo in aria come una bambola di pezza. Un secondo dopo era di nuovo in piedi.

"Santo Cielo, tu sei forte davvero!" mormorò mentre si toglieva la neve dalle guance e dalle sopracciglia.

Con sua grande sorpresa, lui si mise a ridere.

"Sembri una coniglietta delle nevi."

Davvero?

JJ guardò giù. Sì, aveva la neve attaccata ai jeans, al cappotto e, be', ovunque. Fece una smorfia quando un po' di neve bagnata scivolò oltre il colletto e colò lungo la schiena. Diavolo, che freddo!

"Hai la barba e le sopracciglia bianche. Sembri Babbo Natale!" riuscì a dire Dan continuando a ridere.

Hmm, barba e sopracciglia bianche, sul serio? Sembrava Babbo Natale?

Resistette alla tentazione di spingerlo nella neve e iniziare a ridere. Sarebbe stato così infantile, eppure...

Con una spinta veloce al petto, lui perse l'equilibrio e atterrò sulla schiena con un tonfo. La neve si gonfiò all'altezza dei fianchi e l'espressione sorpresa sul suo viso fu impagabile.

Dan cominciò a ridere di nuovo.

Calore e gioia le spumeggiarono dentro e JJ seppellì il peso del passato nelle profondità del suo cuore. Il fardello d'un tratto si dissolse. La risata di Dan era contagiosa e la felicità la invase con una grande ondata travolgente così che all'improvviso fu molto facile scoppiare a ridere. Si sentiva bene. Davvero bene.

"Dai! Aiutami ad alzarmi!" Le tese le mani guantate.

Lei arrancò verso di lui, entusiasta che non stesse inciampando nelle racchette da neve. Si protese verso di lui e gli afferrò le mani. La sua stretta era forte e senza preavviso lui le diede un forte strattone. Lei strillò mentre perdeva l'equilibrio.

Ma questa volta, invece di cadere nella neve, cadde proprio sopra Dan! Il suo corpo era perfettamente disteso su quello di lui e il viso di Dan era a pochi centimetri dal suo. All'improvviso uno sguardo serio gli accarezzò il volto. Il cowboy smise di ridere nel momento in cui la sua erezione spinse prepotente tra le cosce.

Oddio. Avere il suo corpo duro sotto il suo era così bello.

"Oops," sussurrò.

I suoi occhi erano di un verde da sogno e si abbinavano ai pini circostanti. Le sue ciglia erano nere e così lunghe. Lui sbatté le palpebre e lei si accorse che i suoi occhi si facevano sempre più scuri man mano che il suo cazzo si gonfiava sotto di lei.

Il respiro le si fece irregolare mentre lui socchiudeva le labbra. Le sue mani le si piantarono sui fianchi. Aveva mani forti e sicure, le palme erano bollenti. Improvvisamente voleva sapere come si sarebbe sentita ad avere la bocca di Dan che si muoveva sulla sua. Prima ancora di sapere cosa stava facendo, abbassò la testa e chiuse gli occhi.

Il suo respiro era caldo mentre le accarezzava le labbra. Un tremore dolce irruppe in lei mentre la bocca di Dan si scioglieva sulla sua. Il suo profumo le invase i sensi e le sue labbra erano salde e prepotenti, riportando a nuova vita ogni terminazione nervosa nel corpo di lei. Mentre lui spingeva la lingua nella sua bocca, una scossa di piacere le scoppiò nelle viscere. Le loro lingue si aggrovigliarono e una forte fitta di bisogno le si concentrò nella figa.

Un suono gutturale proveniente da qualche parte nel profondo del petto echeggiò nell'aria fredda. Lui la baciò più forte e il desiderio la sconvolse. Brividi incontenibili le scuotevano le cosce e le gambe serrate. Premette il basso ventre contro l'erezione di lui e mille vibrazioni di piacere l'avvolsero. Il calore la invase come quando sognava i tre ragazzi.

Lontano, da qualche parte, sentì i motori borbottanti dalle motoslitte, che l'avvertivano che Brady e Rafe si stavano avvicinando. Sapeva che avrebbe dovuto smettere di baciare Dan, ma lui la faceva sentire così bene ed eccitata, come quando aveva baciato Brady la sera che era arrivata.

Il ronzio dei veicoli si fece più forte, ma a lei non importava che Brady e Rafe li trovassero in quell'atteggiamento.

Mosse i fianchi contro la gamba di Dan, godendo del piacere incredibile che irrompeva in lei.

Improvvisamente, Dan ruppe il bacio con un gemito.

"Dobbiamo fermarci," sussurrò contro la sua bocca.

Fermarsi? Lei non voleva fermarsi! Voleva continuare. Stava per premere la bocca contro la sua ancora una volta, ma il grido di Brady li gelò.

"Ehi voi due! Dovreste prendere quel groviglio di gambe e di braccia e metterlo al caldo o il culo vi si congelerà in poco tempo."

Misericordia! Non si era resa conto che erano proprio lì! Girò la testa in tempo per vedere Brady e Rafe a cavalcioni sulle loro motoslitte a non più di venti metri di distanza da loro.

La disperazione quasi la paralizzò. Si aspettava di essere ammonita per il suo comportamento, ma nessuno dei due uomini sembrava arrabbiato. Anzi, mentre li prendevano in giro, nei loro occhi brillavano strani riflessi e due sorrisi dolcissimi incurvavano loro le labbra. In realtà era come se si stessero divertendo a guardarli mentre si baciavano nella neve.

Dan non sembrava imbarazzato e nemmeno arrabbiato mentre si leccava le labbra. "Spero che ce ne sia ancora parecchia di quella roba lì." Dan non attese una risposta. Le strizzò l'occhio e la spostò di lato, poi saltò in piedi. Tese le mani e lei gliele afferrò.

Lui la sollevò in piedi con facilità.

"Bell'albero," si complimentò Rafe mentre si avvicinavano alla motoslitta.

"L'ha trovato JJ," rispose Dan.

Brady annuì e non disse nulla, mentre Dan scioglieva le racchette da neve di lei e poi le sue. Ma JJ riusciva a sentire il calore degli sguardi di Rafe e Brady che la osservavano mentre montava a cavalcioni sul sedile imbottito. All'improvviso JJ ebbe il sentore che fosse cambiato il suo modo di guardarli. Non era esattamente sicura del perché avesse quella sensazione, ma era consapevole della forza della loro presenza nella sua vita. All'inizio era riuscita a limitarla ai suoi sogni e alle sue fantasie, ma ora non poteva più farlo.

Il loro non era più un rapporto tra dipendente e datori di lavoro. Nemmeno tra amici. Era qualcosa di più profondo, di più oscuro e di molto sensuale stava crescendo dentro di lei. Quello che aveva scatenato il bacio di Brady la prima sera si era trasformato in un incendio grazie al bacio di Dan.

Quelle che erano finora state solo fantasie erotiche sui loro giochi a quattro, all'improvviso sembravano molto più vicine alla realtà. Ma JJ non era sicura circa cosa dovesse fare.

RAFE NOTÒ CHE JJ ERA insolitamente tranquilla da quando erano tornati con l'albero. Certo, apparentemente era felice che l'albero si adattasse alla perfezione a dove voleva metterlo. Si era comportata come una bambina eccitata quando avevano tirato fuori tutto l'occorrente per appendere le decorazioni e poi le luci di Natale.

Quando aveva cominciato a preparare la cena, aveva persino parlato di preparare dei popcorn mentre loro divoravano i loro panini e bevevano il caffè. Poi avevano infilato i popcorn su dei fili e li avevano appesi all'albero. Quindi si era di nuovo tranquillizzata.

Si chiese se magari non fosse preoccupata di ricadere vittima di un altro attacco di panico, o forse era in imbarazzo perché Brady e lui l'avevano sorpresa a baciarsi con Dan.

In realtà, lui si era divertito a guardare Dan e lei nella neve. Anche Brady era rimasto affascinato da quella scena, a quanto gli era sembrato. Pareva capace di staccare gli occhi da JJ da quando erano tornati. Merda, la verità era che nessuno di loro riusciva a distogliere lo sguardo da lei. Era come un bel fuoco e sapevano di non poterlo toccare o si sarebbero bruciati.

Da quel bacio con Dan, Rafe intuì che il loro rapporto, fino a quel momento disinvolto, era cambiato. Non sapeva se si fosse trasformato in meglio, o se ciò che era sbocciato tra loro fosse fragile. Se loro tre avessero deciso di portarla al livello successivo, avrebbero distrutto tutto?

"GIURO CHE È L'ALBERO più bello che abbia mai visto," sussurrò JJ mentre posava una ciotola piena di purè di patate sul tavolo da pranzo, poi si sedette tra Rafe e Brady. Lei semplicemente non ne aveva mai abbastanza di guardarlo. Le decorazioni che Jenna aveva inviato erano così carine. Non erano le solite decorazioni da quattro soldi fatte di plastica scadente, come quelle che avevano in carcere. Questi erano addobbi tradizionali in fragile vetro come quelli che aveva da bambina. Quelli colorati che si rompevano quando cadevano.

C'erano angeli, pigne smerigliate e pigne rotonde tutte disegnate. E poi i colori tradizionali di verde, rosso e oro. Tutto abbinato in modo così bello. Brillava ogni cosa e il cuore di JJ quasi scoppiava di felicità mentre continuava a guardare l'albero.

I cucchiai tintinnarono rumorosamente mentre i ragazzi si avventavano sul purè di patate, sulle bistecche di manzo, sulle mele e le verdure che aveva preparato per loro. JJ li ignorò e fissò l'albero. Se si sforzava abbastanza, riusciva quasi sentire la madre gridare il suo nome, dirle che Babbo Natale era venuto e le aveva lasciato un regalo. Poteva quasi vederla in piedi davanti all'albero in pantofole e vestaglia, il suo viso a forma di cuore era accaldato mentre sorrideva e prendeva l'unico regalo.

Poi si girava verso JJ, la circondava in un abbraccio e le dava un bacio prima di porgerle infine il suo dono.

"Buon Natale, pisellina," diceva a bassa voce. Così dolcemente. Così teneramente.

"Immagino che a Natale sia piuttosto difficile stare lontano dalla tua famiglia," disse Brady all'improvviso mentre si metteva l'ultima porzione di purè nel piatto.

Il suo commento la fece accigliare, le fece ricordare come era divertente quando da bambina stava insieme a sua madre. Il Natale era così normale ma siccome erano poveri, JJ riceveva un solo regalo eppure era sempre così emozionante.

Le mancava la sua mamma. Avrebbe voluto farle incontrare quei ragazzi; era certa che li avrebbe amati subito.

JJ aggrottò la fronte mentre la tristezza la invadeva.

"Cosa c'è che non va?" La voce interrogativa di Rafe la destò dalla sua malinconia.

Scosse la testa e si sforzò di sorridere mentre i tre uomini la fissavano con preoccupazione. Oh, merda! Stava rovinando la loro serata e quella era l'ultima cosa che voleva.

"Per un attimo mi sono persa nei ricordi," rispose lei.

Sperava che Brady capisse il suggerimento, che capisse che lei non voleva parlare del suo passato. Afferrò le ciotole vuote e si alzò.

"Qualcuno ne vuole ancora?" chiese.

Arrivò una risposta entusiasta per le patate ma non per le verdure, che le diede altri brividi di felicità. Sperava che il filo del passato si spezzasse, così rimase un po' più a lungo al piano di lavoro a mescolare le patate nella ciotola.

Quando tornò, i ragazzi si calmarono e la fissarono.

"Se vuoi chiamare la tua famiglia, non è un problema," disse Brady.

"Io non ho una famiglia." Fu una risposta automatica. Nel corso degli anni si era abituata a dirlo ai nuovi detenuti che glielo chiedevano. Di solito abbandonavano subito l'argomento ma Brady era come un cane con un osso.

"Ognuno ha una famiglia. Io ho una sorella pazza che ama cercare di accasare tutti i nostri fratelli. Siamo in otto. E Dan ha due sorelle, e Rafe ha due fratelli e due sorelle adottati in più ha avuto una casa piena di altri fratelli nel corso degli anni. Tu non hai fratelli e sorelle?" domandò Brady.

"Non che io sappia," disse. Mise la ciotola sul tavolo e con riluttanza si sedette. A quanto pareva, i ragazzi erano molto curiosi circa quel che la riguardava ed era ora di fare chiarezza.

"I genitori?" la incitò Rafe.

Lei scosse la testa. "Morti."

"Zie, zii, nonni?" chiese Dan.

"No, solo io."

I ragazzi si guardarono con espressioni perplesse sui volti. Era ovvio che non riuscivano proprio a capire che lei non aveva nessuno.

"Wow, sono brava a uccidere una conversazione, giusto? È per questo che ho evitato di parlare del mio passato."

"Abbiamo notato," disse Rafe con dolcezza.

Da quando era lì, avevano fatto tante domande, ma lei era sempre riuscita a sviarle e a cambiare argomento. Quel giorno non aveva potuto farlo. Forse l'attacco di panico aveva indebolito la sua determinazione.

Nonostante il dolore le stringesse il cuore, sfoderò un sorriso luminoso. Lei era così, più cupa era dentro, più allegra cercava di essere fuori. Era un meccanismo di difesa perché non sopportava che la gente la compatisse.

"Bene, allora, dovrai considerarci la tua famiglia, giusto ragazzi?" disse Dan con un grande sorriso.

Gli altri due dissero con entusiasmo che erano d'accordo.

"E abbiamo famiglie numerose. Capitano sempre qui in modo imprevisto," ridacchiò Rafe.

"L'anno scorso la sorella di Brady, Jenna, che è la più grande degli otto fratelli, arrivò qui durante le vacanze. Era la prima volta che lo faceva, giusto, Brady? In ogni caso, noi chiamiamo Jenna la Combinamatrimoni della famiglia. È sempre in cerca del compagno o della compagna perfetti per i suoi fratelli e sorelle. Finora, non ha avuto successo," disse Rafe.

"Lei non approvava il fatto che non avessimo un albero di Natale," disse Brady con una risata.

"E le decorazioni," aggiunse JJ. "Già mi piace tua sorella."

"E fai bene perché senza di lei non avremmo te," disse Dan con una voce morbida che si sciolse come delizioso cioccolato sopra i suoi sensi.

"Che vuoi dire?"

"Lei gestisce un ufficio di collocamento e ha contratti con il sistema carcerario," dichiarò Rafe.

"E siamo rimasti sorpresi quando ti sei presentata perché ci aspettavamo due uomini." Una gomitata nello stomaco da parte di Rafe e Dan si zittì.

Tre volti imbarazzati la fissavano.

"Vi aspettavate due uomini?" *Oh cavolo*. Ora che ci pensava, Brady l'aveva fissata in modo strano quando l'aveva vista seduta sulle valigie giù al lago. E poi si era arrabbiato. Lei aveva pensato che fosse perché era ubriaca. Anche i ragazzi l'avevano guardata divertiti quando si erano incontrati la prima volta quella sera. E si ricordò improvvisamente che avevano parlato di un errore. Come aveva potuto dimenticarlo?

"Non abbiamo pensato a chiedere se JJ fosse il nome di un uomo ma, sì, avevamo chiesto un paio di uomini," rispose Dan.

"Ma il questionario che hai compilato per il programma Freedom Run proponeva esattamente quello che stavamo cercando e, a pensarci bene, non diceva se eri un maschio o femmina. Ho il sospetto che Jenna abbia qualcosa a che fare con tutto questo," disse Brady con un sorriso rassicurante.

"Sì, le tue risposte al questionario ci hanno convinto, a scatola chiusa," disse Rafe rapidamente.

JJ aggrottò la fronte. Non era sicura che le piacesse l'idea che non l'aspettavano.

"Così a voi ragazzi piacciono le donne ubriache e drogate?"

Non dissero nulla. I loro sguardi rivelavano un profondo disagio. Sembrava che non avessero voluto farle sapere che era stata mandata lì per sbaglio.

"Ehi, tesoro, non essere triste. Mi hai conquistato il primo momento che ti ho visto," disse Rafe teneramente.

"E hai conquistato me nel momento in cui ho assaggiato il tuo budino al cioccolato," fece Dan con un occhiolino.

"Ah, la strada per il cuore di un uomo passa attraverso i suoi occhi e il suo stomaco," scherzò lei.

Rafe e Dan si rivolsero a Brady. Lei seguì i loro sguardi fissi su di lui, improvvisamente ansiosa di sentire quello che aveva da dire.

Brady incrociò le braccia sul petto e si mosse a disagio sulla sedia. Il suo volto rivelò la stessa timidezza che JJ aveva notato la prima sera in cui lei, da ubriaca, gli aveva chiesto di mettere il cappello da cowboy.

"Oh, andiamo, Brady. Dicci, quando ti ha conquistato JJ," lo spronò Dan.

Brady guardò direttamente JJ e la sua pancia reagì meravigliosamente al suo sguardo caldo.

" Mi ha conquistato al nostro primo bacio," disse.

Oh.

Un calore insopportabile le saltò alle guance. Dan e Rafe emisero fischi pieni di eccitazione.

"Che Cosa?" sghignazzò Rafe.

"E io che pensavo di essere l'unico ragazzo fortunato ad averle strappato un bacio." Dan scosse la testa con quella che sperava fosse una finta rabbia sul suo volto. Strinse un pugno sul cuore.

"Diavolo, sono io quello che dovrebbe essere incazzato," si lamentò Rafe. "Non sono stato baciato."

"Ti bacio io," dichiarò Dan e fece schioccare le labbra, cinguettando.

"Sparisci." Rafe alzò gli occhi e si mise a ridere.

"Forse dovrei baciarti, Rafe. Così magari non ti sentiresti tagliato fuori," lo provocò JJ.

"Baciala, amico. Bacia davvero bene," ridacchiò Dan e dandogli una pacca sulla schiena.

Un rigurgito di coscienza le morse le viscere quando i tre ragazzi concentrarono l'attenzione su di lei, in attesa. Bontà, lei stava solo scherzando.

Volevano davvero che baciasse Rafe? Guardò Brady e si trattenne. Perché avrebbe dovuto preoccuparsi di cosa pensava? E perché lei d'un tratto desiderava la sua approvazione?

Con sua sorpresa, lui le fece un cenno del capo. Voleva che lei baciasse Rafe. Lo capì da quello stesso sguardo intenso e pieno di interesse che aveva mostrato quando aveva baciato Dan.

Dan guardava con attenzione. Guardò Rafe. Il suo sorriso pieno di aspettative le suscitò un meraviglioso fremito nel basso ventre. All'improvviso, l'idea di baciare Rafe di fronte agli altri due divenne davvero eccitante.

Si alzò e Brady e Dan applaudirono.

"Oh, Rafe! A quanto pare stai per ricevere il tuo bacio," fece Dan con un sorriso e l'eccitazione gli accese gli occhi verdi.

Brady si sistemò sulla sedia e incrociò le braccia casualmente sul petto. I suoi occhi azzurri erano scuri e intensi, mentre la studiava.

Un calore intenso le scaldò il basso ventre.

"È perché ha tenuto il migliore per ultimo," rispose Rafe facendogli l'occhiolino.

Il cuore di JJ martellava all'impazzata mentre girava intorno la sedia e si fermava davanti al cowboy. I suoi occhi marroni erano dilatati per la fame sessuale che aveva. Qualcosa di lussurioso attraversò JJ, il respiro accelerò e il sangue caldo scorse più veloce nelle vene.

D'un tratto, Rafe allungò la mano e l'afferrò per la vita. Lei emise un gemito strozzato quando lui l'attirò in grembo.

Immediatamente sentì la massa marmorea della sua eccitazione premere contro la sua figa e il suo sedere. Un liquido caldo la bagnò quando ebbe una visione improvvisa di Rafe che la spogliava e poi i ragazzi facevano a turno l'amore con lei, proprio sul bancone della cucina.

Le sue guance avvamparono. Non doveva avere certi pensieri. Non era bello e poi...

"Ho aspettato questo bacio per molto tempo," sussurrò Rafe. La sua voce era così tenera che il suo istinto le disse che sarebbe stato un amante attento.

"Andiamo, JJ, bacialo," sussurrò Dan.

L'eccitazione l'agitò. Rafe era diventato una calamita. Le labbra di JJ formicolavano. Voleva la bocca sexy di quel cowboy. Voleva sentire le labbra di quel maschio sulle sue. Solo un bacio. Solo per vedere come sarebbe stato.

Abbassò la testa e chiuse gli occhi. Le labbra di Rafe si abbassarono sulle sue.

Una miriade di sensazioni la sommerse. Alzò le mani e le passò su quel petto caldo. Il cuore di lui batteva contro il palmo di lei. Una delle mani di JJ scivolò tra i capelli di Rafe e premette contro la nuca, intensificando il bacio.

Con la lingua il cowboy costrinse le sue labbra ad aprirsi e inclinò la bocca ancor più contro la sua. La pelle di JJ bruciava. Il profumo di Rafe l'accese, aveva un odore così buono. Come quello dei boschi, dell'aria fresca e della felicità.

D'un tratto, voleva che le sue mani la toccassero. Voleva che lui la distendesse sul tavolo e cominciasse a scoparla.

Il suo bacio si fece più intenso. Lei gemette per l'eccitazione e si allagò. Il cazzo di Rafe si mosse all'improvviso e si gonfiò sotto di lei. La sua erezione era enorme e le sue spinte contro la figa le stavano squassando le viscere.

"Bacia davvero bene," disse Rafe quando interruppe il bacio. Il respiro era corto. sempre più corto.

Un'eccitazione che le dava alla testa l'aveva quasi fatta cadere sulle ginocchia, ma le braccia di Rafe si erano strette intorno a lei. Meno male! Di sicuro quell'uomo sapeva come baciare!

"Wow, sei un vero Romeo, Rafe. Quasi non stava più in piedi," rise Dan.

"Va bene, ragazzi, penso che faremmo meglio a darci un taglio prima che le cose ci sfuggano di mano," disse Brady con voce gutturale.

Non osava guardarlo, perché lei sapeva che lo sguardo caldo sul suo volto le faceva venire voglia di fare cose molto più cattive, cose che non avrebbe mai dovuto fare con i suoi datori di lavoro.

"Prenditi il resto della serata libero, JJ. È stata una giornata abbastanza movimentata per tutti. Finiremo noi le cose qui."

JJ annuì e, riluttante, scese dalle ginocchia di Rafe.

Mamma mia! Che cosa aveva appena fatto? E perché avrebbe voluto fare molto di più, con tutti e tre?

6.

Brady era rimasto relativamente in silenzio mentre i tre sparecchiavano, lavavano i piatti e li riponevano. Era stata una giornata interessante, per non dire altro.

Tanto per cominciare, l'attacco d'ansia di JJ mentre lui era al telefono con il suo giudice di sorveglianza, e poi Dan che l'aveva baciata. Spiarla mentre era tra le braccia di un altro uomo, lo aveva acceso. Grande momento. Poi, mentre la guardava baciare Rafe, il suo cazzo si era gonfiato e Brady aveva immaginato di scoparla proprio lì sul tavolo da pranzo.

JJ era andata al piano di sopra, e Dan e Rafe si comportavano allegramente come se nulla fosse accaduto con JJ. Erano sempre stati abbastanza bravi a nascondere le loro vere emozioni. Lui, non tanto.

A causa del programma di lavoro interrotto quel pomeriggio, sapevano che avrebbero fatto tardi per sistemare il bestiame e finire quel che era rimasto da fare. Non sarebbero andati a letto prima di mezzanotte passata. E solo allora Brady avrebbe potuto riacquistare una parvenza di tranquillità nella privacy della sua camera da letto.

Il suo cazzo era duro come un chiodo e aveva bisogno di aiuto ma del tipo che solo JJ poteva dargli. Nel frattempo, aveva bisogno di capire come procedere con il loro rapporto.

Lei era stata entusiasta di baciare Rafe. Si era accorto di come aveva cercato la sua approvazione. Lui gliela aveva data e guardare mentre si baciavano lo aveva davvero eccitato. Anche Dan si era mosso a disagio sulla sedia, probabilmente per fare spazio alla sua erezione che premeva contro i pantaloni.

Non era certo la prima volta che condividevano una donna che piaceva a tutti e tre. Ma le altre erano diverse. Aveva sempre saputo che se ne sarebbero andate una volta finito di scopare. Erano temporanee.

Con JJ, Brady aveva la sensazione che le cose sarebbero state permanenti. Ora, tutto quello che doveva fare era capire se lei era disposta a fare sesso con tutti e tre. Separatamente e insieme.

ALTRE DUE SETTIMANE a Natale, pensò JJ mentre scivolava sotto i vapori della doccia. Non era sicura di quanto avrebbe dovuto masturbarsi sotto il getto dell'acqua corrente per spegnere il desiderio sessuale. Era solo una donna che era stata troppo tempo in prigione e non era in grado di gestire gli impulsi sessuali scatenati dai tre ragazzi sexy che, con sua grande delusione, non indossano cappelli da cowboy... tranne nelle sue fantasie e nei suoi sogni.

Dal giorno che aveva baciato Rafe e Dan, la dinamica del disinvolto rapporto dipendente-datore di lavoro era cambiata. Lei era diventata consapevole dei loro sguardi bollenti e ben conscia delle reazioni che scatenava in loro.

Aveva cominciato a fantasticare su di loro durante il giorno, mentre faceva i lavori domestici, mentre preparava i pasti, o quando entrava nella doccia.

JJ emise un sospiro teso mentre l'acqua calda si rovesciava sui muscoli delle spalle. L'energia nervosa la rendeva desiderosa di masturbarsi e dare sfogo al desiderio sessuale, così afferrò subito il sapone profumato e cominciò a insaponarsi. Si lavò la gola e i fianchi, poi prestò particolare attenzione ai seni, insaponando i capezzoli.

Sensualmente, li strofinò e li tirò fino a che divennero duri e doloranti, e il suo basso ventre si contrasse. Dedicando un mano al massaggio del seno, fece scivolare la saponetta in basso e lentamente insaponò l'addome. Allargò le gambe e fece scivolare la saponetta tra le cosce e poi avanti e indietro sul clitoride.

Il suo respiro accelerò e le gambe si serrarono.

La mano massaggiava prima uno e poi l'altro seno, e le dita strofinavano continuamente i teneri capezzoli bagnati.

JJ sfregava la saponetta spumeggiante sempre più velocemente.

Rabbrividì e rimase a bocca aperta. La sua figa si contrasse, desiderando la penetrazione. Sollevò una gamba, mise un piede sul bordo della vasca e allargò ulteriormente le gambe. Si strofinò la saponetta sul clitoride bagnato sempre più velocemente e gemette piano mentre i muscoli vaginali si contraevano.

Immaginò i tre uomini scivolare sotto la doccia per stare con lei. L'acqua che scendeva sui loro muscoli abbronzati. I loro cazzi, eretti e gonfi, pronti a darle piacere.

Due di loro si spostarono di fronte a lei, abbassando la testa. Due bocche le lambirono i capezzoli. Il terzo cadde in ginocchio davanti a lei e la sua bocca calda si sciolse sul suo clitoride.

Il piacere le esplose dentro. Girò i fianchi e cavalcò quelle onde strazianti, strofinando la saponetta sempre più forte.

Per alcuni tumultuosi secondi non le importò che la sentissero. *Che sentano pure.* Lasciò cadere il sapone e si spinse tre dita nella figa. I suoi muscoli si contrassero con entusiasmo e lei gridò mentre veniva.

"Te l'ho detto," sussurrò Rafe.

Lui, Brady e Dan ascoltavano lo sciosciare dell'acqua proveniente dal bagno di JJ. Stavano proprio fuori dalla porta del bagno e ogni pochi secondi un gemito soffocato vibrava sopra il torrente della doccia.

Accanto a lui, Dan imprecò sottovoce e Brady serrò la mascella. Gli sguardi accesi. Rafe riconosceva quegli sguardi. Sentiva anche lui il bisogno inebriante di sfogarsi.

Ultimamente, aveva sentito dei gemiti sensuali ma in un primo momento aveva pensato che fosse solo un mero desiderio.

Rafe sospirò mentre JJ gemeva di nuovo. Questa volta un po' più forte.

"Forse vuole che la sentiamo?", suggerì Dan.

"Be', se è così, ci sta riuscendo benissimo," rispose burbero Brady.

"Qualcuno ha qualche idea su cosa possiamo fare per aiutarla ad alleviare la sua tensione sessuale?" chiese Rafe. Non era sicuro di quanto tempo avrebbe potuto restare lì ad ascoltare i suoi gemiti ogni mattina e ogni sera, quando faceva la doccia.

"Ho un'idea," disse Brady a bassa voce.

Con un cenno del capo, indicò che dovevano allontanarsi dalla porta del bagno e lasciare la camera da letto della ragazza.

JJ STAVA TOGLIENDO dal forno la terza teglia di pane quando le parve di sentire il rombo di un aereo. Normalmente un aereo che le passava sulla testa non la preoccupava, ma questo sembrava diverso. Era vicino e andava in direzione del lago.

Sbirciò fuori dalla finestra della cucina e notò che un aereo bush nero come la pece stava per atterrare sul lago ghiacciato. L'apparecchio era di dimensioni simili a quello su cui era arrivata.

Un brivido di disagio si insinuò tra i meandri della sua mentre guardando Brady camminare lungo il sentiero verso l'aereo. Una persona, una bella donna dai capelli ramati che indossava un giaccone e pantaloni da sci blu, scese dall'aereo e gli strinse la mano.

Parlarono per alcuni minuti prima di scomparire di nuovo nell'aereo e un attimo dopo la donna consegnò a Brady una scatola di cartone di medie dimensioni, che posò sul ghiaccio. Gli tese una seconda scatola, piccola, e la mise sopra l'altra.

Si salutarono, l'aereo rombò di nuovo e se ne andò.

JJ guardò Brady che portava una delle cassette su per la pista e poi nel fienile. Pochi minuti dopo si avviò verso il lago e recuperò la seconda cassetta, tornò indietro e scomparve nel fienile.

Lei non sapeva che avesse ordinato qualcosa per il ranch. Avrebbe potuto usare alcuni vestiti che le andavano bene. Tutta quella vita da ranch e il cibo sano la stava rendendo più curvilinea in alcuni punti, in particolare sul seno.

Sorrise tra sé. Era lì da quasi un mese e non aveva mai pensato di decollare e scomparire come voleva fare quando le avevano detto del lavoro in quel posto. Era anche riuscita a non avere alcun violento attacco di panico durante le brevi conversazioni con il suo giudice di sorveglianza. Ma parlare con Sabrina continuava a darle ansia, nonostante lei fosse gentile e allegra. Non le piaceva sentirsi a disagio con i rappresentanti della legge. Le rovinava la giornata. Sperò di riuscire a capire cosa fare per risolvere il problema.

Il profumo invitante del pane appena sfornato attirò la sua attenzione e la riportò alla realtà. I ragazzi sarebbero arrivati in meno di un'ora e lei doveva sbrigarsi a finire di preparare la cena.

L'eccitazione le ribolliva dentro mentre pensava all'opportunità di ampliare le sue competenze in cucina ordinando un paio di libri di ricette su Internet. Fino a quel momento, si era tenuta lontano dal computer. Una sera i ragazzi le avevano mostrato come usarlo, e aveva memorizzato come ordinare la spesa e come contattare la North Country Air per la consegna.

Accidenti, non aveva idea che cucinare le piacesse fino a quel punto. O che si sarebbe innamorata di quei ragazzi. Guardarli mangiare quello che preparava per loro le scaldava il cuore. Le avevano detto che doveva considerarli la sua famiglia. Be', lei li considerava molto di più. Amarli era un sogno; un sogno dal quale sperava di non svegliarsi mai perché nella realtà sapeva che non avrebbe mai potuto essere felice con tutti e tre.

TRE ORE PIÙ TARDI, JJ uscì dal suo bagno e andò in camera da letto. Era stanca per la giornata di lavoro. Aveva preparato tre pasti per i suoi uomini, pulito e spolverato una buona parte del soggiorno e tutti i bagni. Era anche riuscita a fare un po' di pratica con le racchette da neve dietro la casa. Da che Dan le aveva mostrato come usarle, lei si era esercitata ogni mattina per circa mezz'ora.

L'aria era sempre fresca e c'era sempre un freddo gelido, ma la rinvigoriva e l'aiutava ad affrontare la giornata. Quando era in carcere, le era davvero mancata la neve. Gli inverni erano brutali e non aveva mai avuto un adeguato abbigliamento invernale che la tenesse al caldo, e avevano sempre spalato la neve dai piazzali, accumulandola in brutti cumuli.

Inoltre, con i suoi frequenti attacchi di panico, era stata più dentro che fuori. L'avevano anche soprannominata "Panico" nell'infermeria della prigione.

Era contenta di essere fuori di lì. Così felice di essere al ranch.

Passando davanti a una delle finestre della sua camera, sorrise ai fiocchi di neve che turbinavano contro il vetro. Nevicava di nuovo. Avrebbero avuto un Natale decisamente bianco. Si tolse l'asciugamano e lo gettò sul letto.

E si bloccò per la sorpresa.

Sul letto c'era un pacchettino. Era avvolto in una carta natalizia a righe verdi e rosse.

Com'era delizioso! Uno dei ragazzi le aveva fatto un regalo di Natale anticipato.

Prese la busta accanto al dono e l'aprì. Era un bel biglietto con un pupazzo di neve in un prato.

JJ,

se sceglierai di accettare questo regalo, per favore lascia l'involucro vuoto sul tavolo della sala da pranzo domani mattina.

Brady, Dan e Rafe

Cosa significava "se deciderai di accettare questo regalo"?

Nel momento in cui scartò il regalo, rimase a bocca aperta per la sorpresa. Dentro una confezione sigillata c'erano tre dildo anali di tre dimensioni diverse. Erano tutti a forma di albero di Natale, di un verde brillante con una base larga e si assottigliavano verso l'alto.

Oh. Mio. Dio!

JJ deglutì e si morse il labbro inferiore. Voleva dire... che tutti e tre volevano fare sesso con lei? Sul biglietto c'erano i nomi di tutti e tre. Forse stava sognando. Doveva essere matta, anche solo per pensare di farlo!

Stordita da questo evento inaspettato, non sapeva per quanto tempo era rimasta a fissare il pacchetto prima di aprirlo. Le istruzioni le tolsero il fiato. Non aveva mai indossato un dildo anale prima, ma sembrava che i ragazzi volessero trasformare le sue fantasie in realtà! Cosa accidenti doveva fare?

"QUALCUNO VUOLE ANCORA uova e pancetta?" gridò JJ da davanti ai fornelli, prima di rompere altre uova nella padella.

Nessuna replica. Sorrise, nonostante le emozioni contrastanti di nervosismo ed eccitazione le vorticassero dentro. Avevano sempre chiesto il bis a colazione ma lei sapeva perché quella mattina erano tanto silenziosi. Aveva a che fare con il pacchetto dei dildo anali vuoto che lei aveva lasciato nel bel mezzo del tavolo da pranzo.

"Qual è il problema? I miei cowboy sono tutti malati oggi? Non potete lavorare né divertirvi se non avete abbastanza energie," li provocò.

Pur non volendo che accadesse, il suo viso avvampò.

Un coro di "più cibo, per favore" echeggiò in tutta la stanza.

JJ annuì.

"Così va meglio. Altra pappa in arrivo tra pochi minuti. Servitevi altro caffè."

Non doveva girarsi a guardare sentendo il fracasso quando tutti e tre scattarono verso la macchina per il caffè.

Eh, interessante colpo di scena. Sembrava che improvvisamente mangiassero dalle sue mani. Era incredibile quello che poteva provocare accettare dei dildo anali.

"JJ MI STAVA UCCIDENDO a colazione," si lamentò Rafe mentre tutti e tre lanciavano cubetti di vitamine sull'area di terreno appena arata vicino al fienile. Grosse mucche Angus gravide girovagavano qua e là, mangiando il fieno della colazione del mattino. I cubetti che spargevano per il bestiame contribuivano a rafforzare le mucche prima del parto, che diventavano inappetenti man mano che i vitelli crescevano nel loro ventre.

Tenevano le bestie prossime al parto più vicino al fienile, all'interno di grandi recinti. Così era più facile tenerle d'occhio, soprattutto se era previsto un parto difficile.

"Sono quasi morto quando ho visto la scatola vuota sul tavolo," ridacchiò Dan mentre apriva un altro sacchetto e disperdeva i cubetti di vitamine tutt'intorno a sé.

"Io sono quasi venuto," brontolò Brady mentre gettava un altro pacchetto fuori dal rimorchio che aveva attaccato alla quattroruote che usava per il trasporto dei mangimi per il bestiame nei campi.

Rafe e Dan risero e gli diedero una pacca sulla schiena. Brady infilò ulteriormente il mento nel cappotto e prese un altro pacchetto. La notte prima aveva nevicato, dando una spolverata di circa tre centimetri, ma l'aria era molto fredda. Più fredda del solito.

Non aveva controllato le previsioni del tempo alla radio, ma aveva la sensazione che l'inverno stesse arrivando. Fino ad allora, il tempo era stato insolitamente caldo con una temperatura costante di dieci gradi sotto zero. Presto avrebbero pagato caro quel clima più mite del solito. Per ora, però, decise di non preoccuparsi.

La vita era già abbastanza difficile con un'erezione costante e un desiderio enorme di fare l'amore con JJ. Ancora non riusciva a credere che avesse accettato il dildo anale. Lo aveva indossato durante la prima colazione? O aveva aspettato che loro uscissero prima di andare in bagno e inserirlo?

Brady gemette immaginandola mentre faceva scivolare il dildo più piccolo nel suo culo stretto. Il pacchetto conteneva tre dildo di varie dimensioni. Avrebbe iniziato con il più piccolo. Quello l'avrebbe preparata per uno di medie dimensioni, fino ad arrivare al più grande.

Brady espirò. Per allora i suoi muscoli anali sarebbero stati abbastanza dilatati perché loro potessero penetrarla. Fino ad allora, avevano deciso che l'avrebbero visitata singolarmente ogni notte.

LA CONVERSAZIONE ERA stata molto tesa durante la cena. JJ era stata a malapena in grado di respirare man mano che i loro profumi maschili alla deriva intorno a lei la stuzzicavano, mentre serviva l'agnello con patate novelle e verdure. Forse era il dildo incastonato perfettamente nel suo ano a renderla così consapevole di ogni loro mossa, dei loro sguardi bollenti e del loro odore invitante di sudore e fieno dolce.

Qualunque cosa fosse, stava lottando con i suoi sensi mentre desiderava scoprire ciò che i tre stavano per fare.

Nel momento in cui si infilò sotto le lenzuola di flanella, era pronta a fare un po' di seria masturbazione. Le avrebbe dato un certo sollievo nella doccia, come aveva fatto già molte volte, ma l'acqua era diventata fredda più velocemente del solito, spingendola a sbrigarsi.

Sospirò e spense la lampada sul comodino, immergendosi nel buio. Gli occhi si adattarono rapidamente all'oscurità e alla luna che filtrava dalle finestre illuminando la stanza con la sua luce. JJ ascoltò con impazienza tutti i suoni che le indicassero che i ragazzi erano ancora svegli.

Ma era insolitamente tranquillo, quella sera. Significava che avrebbe dovuto domare il suo piacere in modo da non farsi sentire.

A meno che non li lasci ascoltare, mia cara.

JJ inspirò dolcemente a quell'idea. Poteva stuzzicarli in quel modo? Rafe e Dan avrebbero sentito di sicuro. Sarebbe stato un messaggio per far capire loro che lei voleva fare sesso. Con tutti loro.

Deglutì a quell'idea. Cielo, non poteva fare sesso con tutti loro, o sì? Aveva fantasticato tanto su quello. Possibile che la realtà fosse bella come la fantasia?

L'insicurezza l'assalì; la loro relazione sarebbe cambiata. Le piacevano tutti e tre, sul serio. La loro complicità era meravigliosa. Fare sesso con tutti e tre avrebbe rovinato la loro amicizia?

Ma c'era il problema dei dildo. C'erano i nomi di tutti e tre su quel biglietto. Sapevano che lei indossava un dildo. Accettando quei giocattoli anali aveva cambiato la dinamica dei loro rapporti e ora non poteva tornare indietro.

Spinse le lenzuola e i piumoni oltre i fianchi, e poi chiuse gli occhi. Per il momento, avrebbe continuato a fantasticare aspettando la loro prossima mossa.

Sollevò le ginocchia e finalmente le aprì, poi tirò un respiro profondo e fece scivolare le mani sui seni. Le piaceva che fossero lisci e sinuosi sotto le sue mani e rimase senza fiato al dolce morso di dolore quando tirò e strizzò i capezzoli. Passò diversi momenti tranquilli a giocare con i suoi capezzoli e i seni, godendo dell'eccitazione che la sconvolgeva; poi le mani scesero al basso ventre.

Fece scivolare un dito tra le labbra gonfie e premette sulla vagina. Era tutta bagnata perché aveva pensato ai suoi uomini. Ogni volta che pensava a loro, si bagnava. Ritirò il dito e poi esplorò teneramente ogni centimetro della sua figa, accarezzando e strofinando il clitoride e le piccole labbra fino a che l'eccitazione non la travolse.

Inspirò e rabbrividì. Fece scivolare un'altra volta il dito in vagina e raccolse la calda umidità, poi si ritirò. Massaggiò più forte, gemendo mentre scintille di eccitazione le scoppiavano dentro. Tutte le sue inibizioni si dissolsero e JJ scivolò nel piacere.

La sua mente vacillò mentre immagini dei suoi tre cowboy le passavano davanti agli occhi. Muscoli tonici. Corpi tesi. Bocche che bramavano di baciarle i capezzoli, il ventre e leccarle la figa.

Brividi dolci l'avvolsero. Si girò e si dimenò, accogliendo con piacere quelle ondate di estasi. Infilò più volte le dita nella vagina e si strofinò il clitoride sempre più velocemente, vibrando di piacere più a lungo che potè.

Quando gli spasmi della figa cessarono, JJ sorrise.

Wow, era stato uno sfogo incredibile. L'istinto le diceva che i suoi orgasmi con i suoi cowboy sarebbero stati cento volte più soddisfacenti se avessero fatto l'amore con lei.

Un rumore sommesso intorno alla porta della camera da letto le fece tendere le orecchie. Aprì gli occhi e rimase a bocca aperta nel vedere una sagoma sulla porta. Indossava un cappello da cowboy.

Oh mio Dio! Brady?

"Va tutto bene?" chiese mentre si chinava per prendere le coperte. Che imbarazzo. Da quanto tempo era lì a guardarla masturbarsi?

"No." Quella voce ruvida apparteneva a Dan.

JJ sospirò e si distese di nuovo. Lei gli stava facendo la sua offerta scostando le coperte e permettendogli di vederla nuda. Rimase sulla soglia, ma sapeva che anche lui era nudo. I suoi muscoli si illuminarono nel chiaro di luna e un cazzo molto grande e lungo svettava verso il suo addome.

"Capisci cosa significa il dildo?" chiese a bassa voce.

"Sì", sussurrò lei. Il suo cuore cominciò ad accelerare.

"Dimmelo," le ordinò.

JJ rabbrividì mentre un numero imprecisato di immagini proibite si libravano nella sua mente.

"Tutti e tre voi. Ogni volta che lo desiderate." Disse l'ultima frase solo per chiarire.

Dan era visibilmente teso e per un momento non disse nulla.

"E ogni volta che lo desidero io," aggiunse.

Non poteva credere di aver appena dato loro il permesso verbale di avere rapporti sessuali con lei e aveva anche mostrato loro il suo lato più audace.

"Domani sera, si comincia. Io sarò il tuo primo cowboy. Ti verremo dentro uno alla volta."

Mi verrete dentro.

Lei annuì a scatti.

Dan si girò e le diede un dolce assaggio del suo culo nudo.

Quando si chiuse tranquillamente la porta alle spalle, lei chiuse gli occhi.

Domani sera, si comincia.

Oh mio Dio!

DAN SOSPIRÒ MENTRE rientrava in camera. Era diventato tutto incredibilmente difficile dopo averla vista masturbarsi, tanto che stava per perdere la testa dall'eccitazione che gli bruciava ogni centimetro di erezione.

L'aveva guardata contorcersi sul letto mentre agitava i fianchi, le gambe aperte mentre spingeva una mano tra le cosce. Si era meravigliato che le lenzuola non avessero preso fuoco. JJ sembrava una ragazza da sogno, uscita da una di quelle riviste che lui e gli altri tenevano nella stalla.

Aveva le curve nei posti giusti e il suo seno si sarebbe adattato perfettamente al palmo delle sue grandi mani. I suoi capezzoli sembravano grandi e turgidi, e le gambe erano belle e lunghe. Non vedeva l'ora di immergersi tra le sue cosce e assaggiarla.

Era una bella donna, e apparteneva a loro tre.

"Ogni volta che lo desiderate", aveva detto. "Ogni volta che lo desidero io."

Non aveva esitato nel dire quelle parole. Si era aspettato una certa timidezza, non una volpe audace e nuda. Che JJ avesse accettato di accoglierli nella sua camera da letto era incredibile. Che lui la desiderasse non solo con il corpo ma anche con il cuore era sorprendente.

Scacciò la voglia di girarsi, tornare indietro e montarla quella sera stessa. Voleva fare l'amore con lei.

Ma tutti erano attratti da lei e voleva condividerla con gli altri. Dovevano tutti attenersi al piano e presentarsi sessualmente a lei uno alla volta. Aveva 24 ore per abituarsi all'idea che loro due avrebbero fatto sesso la sera dopo.

Dan afferrò il suo cazzo palpitante. Fino a che non si fosse incontrato con JJ l'indomani, avrebbe dovuto cavarsela da solo.

7.

JJ era a malapena riuscita a cavarsela quel giorno. Voleva dire qualcosa a Dan circa la sua visita della notte prima. Voleva dire ai ragazzi che teneva profondamente a ognuno di loro e che voleva che restassero amici, nonostante quel nuovo tipo di relazione, ma le loro occhiate bollenti la facevano impazzire. Era come se la spogliassero con gli occhi. A dire il vero, lei stava facendo altrettanto con loro.

Soprattutto Dan. Aveva fantasticato su di lui e il suo grande cazzo e tutti i muscoli fantastici che aveva intravisto la sera prima. Aveva a malapena dormito, rigirandosi nel letto al pensiero di quella sera.

La giornata si trascinò tra le faccende domestiche. JJ cucinò a pulì freneticamente per tenere occupata la mente e non pensare a quel che sarebbe successo quella sera stessa.

Quando decise di ritirarsi prima del solito, diede la buonanotte ai ragazzi che si comportavano in maniera assolutamente normale mentre giocavano a carte seduti al tavolo da gioco. Non era sicura di cosa avessero preparato. Dan l'avrebbe seguita su per le scale verso la sua stanza? O uno dei ragazzi avrebbe fatto un commento circa il modo in cui il loro rapporto si stava trasformando?

Una fitta di bisogno acuto l'attraversò quando un quarto d'ora dopo uscì dalla doccia. Le cose stavano cambiando così in fretta, si sentiva in bilico. Tutto sembrava surreale. Stava facendo la cosa giusta accettando il dildo? Aveva appena perso una possibilità con tutti e tre i ragazzi perché aveva ceduto in modo troppo semplice e veloce? Che tipo di donna pensavano che fosse, ora?

JJ aggrottò la fronte, afferrò l'asciugamano e se lo passò tra i capelli cercando di asciugare le punte come meglio poteva. Aveva trascorso gli ultimi dieci anni in carcere, perdendo troppi anni della sua vita seduta in una gabbia con le sbarre. Ora voleva recuperare il tempo perduto. Stava per farlo con tutti e tre quegli uomini, che si erano autoinvitati nel suo letto. JJ rabbrividì solo all'idea che potessero fare l'amore con lei tutti e tre nello stesso momento.

No, non avrebbe rifiutato la loro offerta. Era una donna, aveva delle necessità. Voleva rimanere in quel posto il più a lungo possibile. Le piaceva. Le piacevano loro. Le piacevano davvero tanto.

Quando i capelli furono relativamente asciutti, gettò l'asciugamano nella vicina cesta della biancheria sporca e ne prese un altro.

Sorrise mentre iniziava ad asciugare il resto del corpo. Forse era dannatamente pazza a voler portare il rapporto con i ragazzi a un livello superiore? Era una donna adulta e aveva tutto il diritto di decidere chi voleva nel suo letto. Non c'era assolutamente niente di sbagliato in quello, soprattutto se tutti e tre i ragazzi erano d'accordo.

Si avvolse l'asciugamano intorno al corpo e lo annodò sul seno. La tensione e l'eccitazione le strinsero le viscere mentre entrava in camera da letto. Si fermò. Era semi-buio. Non aveva lasciato la luce accesa in camera da letto? Il suo sguardo saettò verso le finestre. Con sua sorpresa, alcune delicate luci natalizie verdi e rosse lampeggiavano alle finestre.

Oh, che dolci. Dovevano aver messo le luci mentre lei era sotto la doccia. Erano bellissime, così natalizie. E poi c'era anche un fuoco accogliente che crepitava nel camino.

Le stavano creando l'atmosfera. Sospirò e cercò di non tremare al pensiero di quello che stava per accadere. Un movimento sul suo letto la fece sussultare e gridare. Riconobbe Dan, disteso. Aveva tirato le coperte su fino al collo e indossava un cappello da cowboy.

Oh cavolo!

"Ehi baby, pensavo che non uscissi più dalla doccia."

Senza preavviso, scansò le coperte e nella penombra JJ scorse il profilo dei possenti muscoli delle sue gambe. Tra le cosce, vide un cazzo lungo e grosso con un grande scroto. Deglutì mentre lo fissava. Aveva avuto poche esperienze con gli uomini prima di finire in prigione: solo due ragazzi, adolescenti difficili come lei e non si era mai resa conto che l'erezione di un uomo potesse essere così... grande.

Dan accarezzò il posto vuoto accanto a sé. "Vieni a scaldarti."

Poteva davvero farlo? Poteva davvero andare fino in fondo e fare sesso con Dan? Tremava mentre faceva un passo avanti. Lo voleva. Oh, come lo voleva. Era solo che la realtà era molto diversa dalla fantasia.

"Togliti l'asciugamano. Voglio guardarti," le disse. La sua voce era ferma ma dolce, il suo sguardo era lussurioso. Torrido. La fissava come se fosse una meraviglia della natura.

Le guance di JJ avvamparono, così come tutto il resto. All'improvviso si sentì come una farfalla che emerge dalla crisalide. Si stava risvegliando in qualcosa di bello e libero.

"Non dirmi che sei timida," sussurrò lui. Un sorriso provocatorio gli inclinò le labbra dolci e il cuore di JJ mancò un paio di battiti. Accidenti, era così carino mentre le sorrideva. Lui non attese la sua risposta ma si mise a sedere e girò le gambe oltre il bordo del letto. Poi protese le mani verso di lei.

Emozioni, forti e primordiali, le ribollivano dentro. Stava per dire addio alla loro relazione innocente.

Era ora. Indietro non si poteva tornare. E lei lo voleva.

Dan parlò a bassa voce. "Devo dire la verità, io non sono timido a letto. Ti voglio. È un pezzo che ti voglio. Tutti noi ti vogliamo."

Lei inspirò e mise la mano nella sua. Le forti dita si piegarono intorno alle sue e lui gliele strinse teneramente.

"Non preoccuparti, sarò gentile... all'inizio." Le ultime due parole gli uscirono in un sussurro che le restituì il respiro.

L'attirò a sé fino a quando lei si trovò in piedi tra le sue gambe divaricate.

Non guardare giù, JJ. Non... Ma proprio mentre stava pensando di non doverlo fare, il suo sguardo si abbassò tra le cosce del cowboy sul

suo magnifico, enorme cazzo. Era eretto al massimo. Molto gonfio e...
la sua vagina sconvolta cominciò a bagnarsi.

Si leccò le labbra mentre un incredibile desiderio l'avviluppava.
Dan le lasciò andare la mano e si alzò. La pelle di JJ friggeva mentre
il dito di lui s'insinuava nel nodo dell'asciugamano all'altezza del seno.
Dan tirò e il telo di spugna cadde. Un alito d'aria calda la investì.

Il pomo d'Adamo si mosse e lo sguardo di Dan s'incupì mentre la
studiava.

"Morivo dalla voglia di sapere come eri sotto tutti quei vestiti, JJ.
Muoio dalla voglia di toccarti. Di baciarti."

L'attirò ancor di più a sé e lei gridò. Lei crollò lunga su di lui, le
gambe si aggrovigliarono a quelle di lui, il suo corpo nudo coprì quello
di Dan. Il suo cazzo premeva con insolenza contro la pancia di JJ e
la bocca del cowboy bruciava sulla sua. Il calore della sua pelle dura a
contatto con la sua era sorprendentemente piacevole.

Le lasciò andare le mani, e poi aprì di nuovo le sue, ferme e calde,
intorno alla vita di JJ. Dan premette la sua erezione contro di lei. La
baciò con forza e con una disperazione che accrebbe ulteriormente la
sua voglia di lui. Piegò le mani intorno alle spalle di Dan e le dita
toccarono i contorni duri dei suoi muscoli tesi. Aveva un buon odore di
sapone e di pino.

E aveva anche un buon sapore di confetti alla menta piperita, che
lei amava mettere sul tavolo dopo cena in modo che i ragazzi potessero
sgranocchiarle mentre giocavano a carte.

La bocca di Dan faceva l'amore con lei: sorseggiava teneramente i
bordi delle sue labbra, e il modo sicuro con cui la baciava scacciò ogni
tumulto interiore che la tormentava.

"Sono abbastanza audace. Spero che questo non ti spaventi," le
sussurrò interrompendo il bacio. Il suo respiro era corto e sembrava un
rantolo.

JJ non sapeva cosa dire, non pensava nemmeno di essere in grado di
parlare. Le labbra di Dan la solleticavano meravigliosamente tanto che

i suoi pensieri erano ormai sconnessi. L'enorme erezione continuava a premere audace tra le sue cosce.

Voleva che la riempisse.

"Stai indossando il dildo?" chiese Dan. Le succhiò il lobo dell'orecchio sinistro e un formicolio perverso le percorse la spina dorsale.

Lei annuì.

"Bene. Bene."

La baciò ancora. Questa volta la bocca di Dan si mosse con più durezza e ferocia sul quella di lei. La consapevolezza di quello che stava accadendo le dava i brividi mentre socchiudeva i denti e accoglieva la lingua calda di lui. Le loro lingue si scontrarono in un duello sensuale e il mondo di JJ vacillò.

Oh!

"Voglio assaggiarti," le sussurrò interrompendo il bacio all'improvviso.

Assaggiare? La sua mente era confusa. Che cosa voleva dire?

In un istante, lui cambiò posizione. Ora, era sopra di lei. Si mise a cavallo circondandole i fianchi con le gambe, il suo cazzo le stava tra le cosce. Gli brillavano gli occhi e le sorrideva mentre la guardava.

"Sei così bella, JJ. Non credo che tu ti renda conto di quanto sei attraente."

Sul serio lo era?

Non aspettò che lei lo ringraziasse per il complimento né le diede il tempo di negare la sua bellezza perché abbassò la testa e cominciò a darle baci di fuoco tra il collo e la spalla. Poi si staccò da lei e si spostò verso il basso. Le sue mani calde le presero i seni. Il suo cuore batteva più veloce mentre abbassava la testa e prendeva in bocca il capezzolo destro.

Wow!

JJ si mosse mentre il calore le attanagliava la sua estremità più sensibile. Gemette quando i denti di lui le procurarono dolore e piacere al tempo stesso. Dan leccò e passò la lingua intorno all'aureola del capezzolo e il respiro di JJ accelerò. Poi la bocca del cowboy si sciolse di nuovo sul suo capezzolo e lo succhiò. Quella meravigliosa pressione le scatenò sensazioni indescrivibili fino giù alla figa. Si inarcò contro di lui, volendo di più.

Dan passò all'altro seno e anche lì la sua lingua fece magie fino a quando lei cominciò a lamentarsi. Allora abbassò la testa e le diede baci di fuoco lungo il ventre. La pancia di JJ tremò mentre la lingua del cowboy la seduceva con leccate bollenti e i suoi denti la tormentavano con piccoli morsi sensuali.

Mentre si avvicinava al pube, Dan si fermò e sollevò la testa. Aveva il viso arrossato. I suoi occhi erano scuri e brillavano di desiderio.

"Apri le gambe per me, tesoro," le disse piano.

Lei gemette mentre allargava le cosce. Era così bagnata per lui, e la sua vagina si contrasse quando lui le sollevò i fianchi e le mise un cuscino sotto il sedere. Poi si spostò rapidamente verso la parte inferiore del corpo di JJ. Le sue spalle larghe le premevano contro l'interno delle gambe, impedendole di chiuderle.

Dan abbassò la testa tra le cosce di JJ e gemette emettendo caldi sbuffi d'aria contro il suo clitoride pulsante.

"Hai mai fatto l'amore in aereo?" chiese.

Il suo clitoride era così sensibile che tra le cosce e l'addome le passavano spasmi incontrollabili. Batté la testa da una parte all'altra del cuscino, incapace di parlare.

Lui soffiò di nuovo contro il clitoride. Strinse le mani in nodi stretti mentre una valanga di sensazioni peccaminose la inghiottiva. Dan stava attizzando un incendio dentro di lei, che sarebbe divenuto incontrollabile una volta accesa la miccia.

"È passato molto tempo da quando sei stata con un uomo, non è vero?" chiese.

Lei non riusciva a rispondere e lui tornò a soffiare.

La testa e le spalle di Dan erano così calde tra le sue gambe. Il soffio d'aria fu come un pugno sul clitoride, e la fece sussultare e tremare. Una fitta acutissima le colpì la figa.

Oddio, come faceva a torturarla in questo modo?

Strinse i pugni mentre ansimava.

"Che cosa vuoi che faccia per te, baby?" ringhiò lui. C'era una nota di provocazione nella sua voce, lo sentiva. Il cowboy sapeva quanto lei fosse inesperta? Sapeva quanto dolore provava nell'attesa che lui la penetrasse?

"Di più," ansimò non sapendo come esprimere a parole quello che voleva.

"Forse vorresti questo..."

Con la lingua le lambì il clitoride facendola urlare sotto quella pressione squisita. D'istinto, JJ sollevò le gambe e rapidamente gli circondò le spalle. Premette i talloni nei muscoli d'acciaio della sua schiena.

La bocca calda di Dan divenne un tutt'uno con la sua figa e la succhiò. Lei gemette mentre un piacere devastante la dilaniava risucchiandola nel suo vortice. Tremava e i fianchi sobbalzavano mentre lui la leccava, la succhiava e beveva da lei. Ogni muscolo del suo corpo era in tensione e vibrava. E lei non voleva smettere di annegare in quel piacere.

Dan continuava a leccarla e a succhiarle la figa. Era una festa per lui, ecco cos'era. Un banchetto. Ogni volta che la succhiava, la sua dolce panna gli schizzava in bocca e lui avidamente la beveva. JJ era inesperta; era evidente da come arrossiva e dalla velocità con cui raggiungeva l'orgasmo. Dopo che le aveva strappato tre orgasmi, riusciva a sopportare a malapena il dolore che gli faceva pulsare il pene. Sapeva che avrebbe dovuto farlo per lei, ma non riusciva più a controllarsi. Doveva averla. Ora!

Spostò la testa lontano dalla sua figa arrossata e poi le risalì lungo il corpo.

D'un tratto lei spalancò gli occhi e il cuore gli si sciolse nel vedere la soddisfazione e la libidine scintillarle nello sguardo. Quello che le aveva fatto gli era piaciuto. Si sarebbe goduta molte altre notti sotto le sue mani e quelle di Brady e Rafe. JJ avrebbe capito quanto era desiderata e amata.

"Una cosa importantissima," sussurrò.

Lei gemette in risposta e Dan si allungò per afferrare uno dei preservativi che aveva collocato vicino a uno dei cuscini prima di mettersi a letto.

Con i denti, strappò via la parte superiore della confezione e un attimo dopo rivestì il pene dolorante. Portarla all'orgasmo lo aveva quasi ucciso. Il suo cazzo era vicino a esplodere e le palle gli facevano male tanto la desiderava.

Non c'era più tempo per i preliminari. Era il momento di agire.

JJ gemette mentre lui la copriva con il suo corpo; il suo cazzo la penetrò rapidamente con una forte spinta. Lei rimase a bocca aperta e si dimenò sotto di lui. Con le mani gli batté sulle spalle e affondò le unghie dei suoi muscoli.

La figa si strinse intorno al suo cazzo e un intenso piacere lo colse. Lui si ritirò e spinse il pene gonfio di nuovo in lei. JJ si contorceva sotto di lui. I suoi affondi e le sue ritirate creavano un delizioso attrito e d'un tratto cominciò ad annebbiarglisi la vista.

Iniziò a muoversi nella sua figa con la forza di un pistone. I suoi colpi erano profondi e incontrollati. Sotto di lui, lei rimase a bocca aperta e gemette. Le sue dita gli scavarono più forte nella schiena. JJ aveva gli occhi chiusi e le labbra leggermente socchiuse. Gemeva mentre veniva. Quei suoni erotici erano musica per le orecchie di Dan.

Chiuse gli occhi. La baciò e annegò nel suo calore fantastico. Spinse più forte e più veloce e i muscoli vaginali si contrassero dolcemente intorno al suo asse, come una morsa. All'improvviso, l'estasi gli esplose dentro, annegando all'interno di meravigliose convulsioni. Si era perso dentro di lei.

Non potevano tornare a quello che avevano prima. Lui l'aveva marchiata e ora lei gli apparteneva.

BRADY STRINSE I DENTI, il suo pene si risvegliò di scatto dentro i jeans. I dolci gridolini di JJ riempivano l'aria dal fondo delle scale fino al salotto, dove lui e Rafe erano rimasti a fare un solitario dopo che Dan era andato al piano di sopra per stare con JJ.

"Merda, mi sta uccidendo," brontolò Rafe fissando le scale.

"Te, me e il mio cazzo. Ma siamo tutti d'accordo di rispettare il piano e di scoparla con delicatezza," rispose Brady.

"Non sembra che Dan la stia scopando con molta delicatezza," ribatté Rafe. Imprecò sottovoce quando un altro grido erotico attraversò la stanza.

Brady chiuse gli occhi e contò fino a cinque. Aveva bisogno di calmarsi. Doveva uscire di casa, nell'aria fredda, in modo da poter pensare.

"Esco," disse a denti stretti. Se fosse rimasto e avesse continuato ad ascoltare, avrebbe ceduto, avrebbe fatto le scale a quattro a quattro e si sarebbe fatto JJ.

"Meglio controllare i nuovi vitelli. Vedi di prendere altro fieno per le stalle; sarà una notte fredda," disse Rafe.

Già, e ci vorrebbe anche una doccia fredda per Brady.

"Di chi cazzo è stata la stupida idea di scoparla uno alla volta?" brontolò Brady alzandosi. Fece una smorfia guardandosi tra le cosce.

"Tua," sibilò Rafe con un tono non proprio amichevole.

"La prossima volta che mi viene un'idea tanto stupida, sparami, ok?"

"Sarà un piacere."

Un altro gemito sensuale di JJ echeggiò giù per le scale e attraversò la stanza.

"Io vado a controllare il bestiame al pascolo su a nord," disse Rafe mentre si alzava e seguiva Brady nella mudroom. Iniziarono a indossare l'equipaggiamento invernale.

Brady si accigliò per la sorpresa." Adesso? Lo sai che è pericoloso allontanarsi dopo il tramonto," lo avvertì Brady.

"È molto più pericoloso restare in salotto ad ascoltarla. Ho bisogno di andarmene da qui o il nostro piano finirà per fallire. Lo capisci?"

Brady annuì e s'infilò il cappello di lana.

"Capito." E non stava scherzando. L'ultima cosa che voleva fare era spaventare JJ perché scappasse a gambe levate dalle loro vite. Se avesse scoperto che volevano scoparla tutti e tre contemporaneamente, avrebbe potuto chiamare il suo giudice di sorveglianza e chiedere di tornare di volata in prigione. E averla fuori dalla sua vita era l'ultima cosa che Brady voleva. Dovevano andarci piano. Dovevano.

Ma non riuscì a uscire abbastanza velocemente.

JJ SI SVEGLIÒ CON UN gemito. Aveva dormito così profondamente che quando aprì gli occhi non sapeva nemmeno dove fosse e perché la figa, le labbra e i capezzoli fossero così... piacevolmente doloranti.

E in un'onda selvaggia tutto le tornò alla mente. Aveva dormito con Dan! Era ancora a letto accanto a lei? Aveva dormito lì tutta la notte? Il sole del primo mattino brillava attraverso i vetri delle finestre che illuminavano l'accogliente stanza da letto. Fu come ricevere un pugno nello stomaco. Aveva sempre fatto in modo di alzarsi alle prime luci dell'alba per preparare la colazione ai ragazzi. Ma era tardi.

Eppure lei non voleva muoversi. Non si era mai sentita tanto bene. Voleva così tanto restarsene a letto e godersi i ricordi di quello che era successo la notte prima.

Dan era stato perfetto; le aveva strappato orgasmi così facilmente che lei dubitava che sarebbe mai tornata a masturbarsi. Smise quasi di respirare e si mise in ascolto. Nessun suono, nemmeno un soffio da parte di Dan. Timidamente, JJ si guardò indietro. La sua mano atterrò sul vuoto.

Un brivido di delusione la fece accigliare. Dan era sparito. Quanto tempo era rimasto con lei? L'ultima cosa che ricordava era che lui l'aveva abbracciata da dietro. Se non fosse stata sfinita da tutte quelle grida e quei brividi, gli avrebbe detto di far scorrere di nuovo il suo cazzo nella sua vagina in modo che potesse dormire con il suo pene dentro di sé.

JJ chiuse gli occhi e sospirò. Le bastava pensare a quello che era successo la notte prima per eccitarla di nuovo. L'unica cosa che voleva fare in quel momento era fare sesso. Aprì gli occhi e fissò il camino. Un paio di tronchi di betulla spaccati crepitavano mentre le fiamme li divoravano. Facevano rumore ma le sue grida mentre veniva la sera prima erano state ben più rumorose.

Il calore le incendiò le guance. Non c'è dubbio che Brady e Rafe avevano sentito. Come era possibile altrimenti? Come poteva affrontarli? Forse non doveva. La casa era troppo tranquilla. Forse avevano già fatto colazione e probabilmente erano già usciti. Gestire un ranch era un lavoro a tempo pieno, e anche lei doveva alzare il culo dal letto.

A malincuore, JJ scansò le coperte e rotolò fuori dal letto. Mentre afferrava l'asciugamano che aveva lasciato cadere sul pavimento la notte prima, scorse qualcosa di marrone chiaro appeso al palo ai piedi del letto. Sorrise. Aveva appena ricevuto il suo primo cappello da cowboy.

D'un tratto, non voleva più aspettare di avere tutti e tre i cappelli uno alla volta.

DOPO UNA DOCCIA VELOCE, JJ scivolò in un paio di jeans e una camicetta rossa. Quando aprì la porta della camera da letto e uscì nel corridoio, il profumo aromatico del caffè la convinse ad affrettarsi giù per le scale.

Caffè. Era esattamente ciò di cui aveva bisogno. Quando arrivò in fondo alle scale, si fermò di colpo. La tavola era stata preparata apposta per lei. Un paio di candele sfavillava nel portacandele ed era in compagnia di una pianta di stelle di Natale rosse.

Da dove accidenti veniva quella pianta? Come erano stati in grado di tenergliela nascosta? Sorrise mentre girava intorno al tavolo e prendeva le stelle. Le lacrime le bruciavano gli occhi. Non vedeva le stelle di Natale da quando era bambina.

Quella pianta era la cosa più bella che avesse mai visto. La fissò a lungo, ammirandone le foglie rosse e verdi, imprimendole nella memoria. Infine, il profumo del caffè la esortò a posare le stelle di Natale sul tavolo. Un paio di minuti più tardi, ci era di nuovo seduta davanti con una tazza di caffè fumante in mano e un biglietto che aveva trovato sulla macchina.

La nota era di Dan.

JJ,

sta arrivando una bufera di neve. Dobbiamo mettere al riparo le mucche gravide. Non saremo di ritorno fino all'ora di cena. Goditi la colazione. Ieri sera è stato stupendo. Rafe ti raggiungerà stasera.

Dan

JJ si morse il labbro inferiore con fare preoccupato mentre leggeva l'ultima riga. Ieri sera era stato stupendo. Anche Rafe e Brady avevano letto il biglietto?

Schiacciò il foglietto sul tavolo, alzò gli occhi e si mise a ridere. Se anche non lo avevano letto, di sicuro l'avevano sentita.

Il calore le arrossò le guance. Com'era imbarazzante. Perché non riusciva a comportarsi come se nulla fosse successo? Perché si sentiva timida riguardo al sesso? Le era piaciuto così tanto. Eppure, non riusciva ad accettare l'idea di affrontare Brady e Rafe quella sera, e nemmeno Dan.

Cielo, le tremavano anche le mani ma riuscì a tenerle abbastanza ferme davanti a sé. La sua figa si contraeva troppo quando pensava al grande corpo di Dan che la montava, alla sua erezione, al suo cazzo duro che la penetrava e alla sua bocca su quella di lei.

Oh, mamma. La giornata sarebbe stata molto lunga.

"HO SENTITO CHE SEI rientrato molto tardi la notte scorsa," disse Dan mentre legavano i cavalli a un paio di piccoli alberi nel prato nord. C'era un tono di scherno nella voce di Dan e Rafe non era in vena di scherzare quel giorno. Avevano lavorato sodo per separare le bovine gravide dal resto della mandria e poi le avevano portate nei recinti vicino alla stalla in modo da poterle tenere d'occhio durante la bufera di neve.

"Toccherà a te ascoltare, stanotte," brontolò Rafe. Stava morendo a sentire i gemiti sensuali di JJ e non vedeva l'ora di vederla una volta tornati a casa.

"Non parliamo delle nostre notti. Abbiamo deciso di attenerci ad argomenti di lavoro durante il giorno," rispose Brady seccamente.

Sembrava scontroso come Rafe mentre spostava il pranzo dalle bisacce e lo trascinava verso un vicino tronco caduto. Scansò una buona quantità di neve in modo che tutti potessero sedersi.

Dan prese un paio di thermos di caffè dalla sua bisaccia e strizzò l'occhio a Rafe.

"Lei vale l'attesa."

"Buono a sapersi. Ora zitto. Ho fame," disse Rafe. Non voleva essere brusco con Dan, ma era sempre di cattivo umore quando era stanco. Sapeva che questo sesso a due con JJ era una cosa temporanea, ma il suo cazzo gli faceva male e voleva solo stare con lei. Sapere che indossava un dildo anale poi non lo aiutava. Lui era tipo da sesso anale e non vedeva l'ora di godere del culetto stretto e dolce di JJ.

"Quante altre vacche abbiamo bisogno di radunare?" domandò Brady sedendosi su entrambi i lati del tronco.

"Ventuno. Poi ci sono i lavori del pomeriggio da finire," disse Dan. "Li farò io per Rafe visto che è tornato tardi stanotte. E credo che sia stato per colpa mia."

C'era ancora una volta quel tono di scherno nella voce di Dan. Rafe soffocò la sua irritazione. "Mi farebbe piacere," disse. Accettò un thermos da Dan, svitò il coperchio e versò il caffè nella tazza di latta. Il vapore caldo del liquido nero si diffuse sulle guance fredde e lo fece sentire meglio. Fare il suo lavoro era il minimo che Dan potesse fare dopo averlo cacciato dalla casa calda e spedito al gelo del cortile la sera prima.

Mangiarono in silenzio tra sbuffi bianchi di vapore che si inanellavano verso l'alto dalle loro tazze e dal naso. L'aria era più fredda del solito, nonostante il cielo fosse azzurro. La bufera era ancora a un paio di giorni di distanza, ma loro avrebbero avuto bisogno di tutto quel tempo per mettere le mucche al riparo, trascinare dentro la legna e accatastarla contro le pareti della mudroom e vicino ai vari camini in casa. Inoltre i generatori dovevano essere controllati e resi funzionanti, pronti per essere avviati anche all'ultimo momento. Quello era tutto lavoro extra rispetto a quello di routine che consisteva nel nutrire il bestiame, controllare i recinti e altre cose.

Rafe sorrise mentre masticava il delizioso panino al roast beef che Brady aveva preparato per loro. La vigilia di Natale e il Natale sarebbero state giornate di bufera. Gli piaceva sempre quando nevicava a Natale. Fino alla sua tarda adolescenza, non aveva mai visto la neve. Aveva vissuto nel sud della Florida e raramente si andava sotto zero nella zona in cui abitava con i suoi genitori e fratelli.

Quando si era diplomato aveva subito lasciato la casa paterna, volendo viaggiare per il mondo. Quando non gli rimase più molto del denaro risparmiato con i lavori scolastici ed estivi, trovò un posto al porto di spedizione a Boston. Poi, quando quel lavoro lo ebbe annoiato, lavorò nella pesca delle aragoste e su barche da pesca nelle Province Marittime del Canada e del New England.

Negli ultimi dodici anni, aveva lavorato in diversi Stati, nonché in un paio di province del Canada. Aveva arato campi nelle praterie del Saskatchewan, trasportato tronchi d'albero con l'elicottero nell'entroterra della Columbia Britannica e aveva allevato bovini nel Wyoming e nel Montana.

Poi era andato a Toronto, in visita alla sorella che si era trasferita lì con il marito canadese. Era andato in un bar del centro per un drink e aveva sentito Brady e Dan parlare di un progetto per creare un ranch nell'Ontario settentrionale. Brady si era stancato del suo lavoro di avvocato e Dan stava diventando matto a fare il chiropratico.

L'idea di un allevamento di bestiame nel lontano e deserto Nord Ontario lo aveva fatto pensare a una grande avventura così si era offerto per i lavori manuali. E da allora era stato divertente. Ma poi era arrivata JJ e lui aveva cominciato a sentire che mancava qualcosa nella sua vita. Aveva finalmente capito che aveva bisogno di JJ per riempire il suo dolore. E Dan e Brady avevano capito la stessa cosa.

Quando Brady aveva detto che si stava innamorando di lei, e Dan aveva espresso gli stessi sentimenti, Rafe era rapidamente giunto alla conclusione che non voleva lasciare quel luogo. Né voleva perdere l'amicizia di Rafe o Dan, o di JJ, per quella faccenda. L'idea di condividerla era stata accolta con entusiasmo da parte di tutti e tre.

Le sarebbe piaciuto perché era perfetta per tutti loro. Rafe non si sarebbe mai sognato di rovinare quella relazione meravigliosa. Si sarebbe attenuto al piano: rapporti sessuali a due fino a che lei si fosse trovata a suo agio e poi avrebbero iniziato con i rapporti a quattro. Inspirò una boccata di aria fredda e accettò un secondo panino al roast beef da Brady.

Si stava comportando da stronzo egoista nel volerla condividere con gli altri? JJ non meritava forse un uomo tradizionale che la mettesse su un piedistallo e la venerasse dalla mattina alla sera? Scosse la testa. No, lei meritava *tre* uomini che la mettessero su un piedistallo e l'adorassero dalla mattina alla sera.

8.

JJ sospirò entrando nella doccia. Era stata una giornata molto lunga, soprattutto per il pensiero fisso del sesso di quella sera e per l'attesa di affrontare di nuovo i tre ragazzi. Per fortuna, si erano comportati da gentiluomini. Pensava che avrebbero scherzato sulle sue grida di piacere della notte prima, ma loro si erano discostati di poco rispetto alla solita discussione sul lavoro da fare al ranch.

Eppure i loro sguardi bollenti mentre mangiavano o mentre lei cucinava, quando pensavano che lei non li vedesse, le faceva sentire tutta la loro attenzione. Si ritrovò a guardare nel lucido acciaio delle pentole e a coprire che la stavano studiando.

Un'eccitazione selvaggia le ruggiva dentro ogni volta che pensava a uno di loro che la raggiungesse da dietro e la spogliasse proprio lì di fronte agli altri due. Ma non accadde.

Meno male! Per carità! Ci stava pensando troppo. Aveva bisogno di farsi una doccia e non pensare che quella sera Rafe sarebbe entrato nel suo letto. Ma non riusciva a smettere di fantasticare mentre si spogliava e poi si chinava e apriva la doccia.

Che tipo di amante sarebbe stato Rafe? Quando lo aveva baciato, seduta su di lui, aveva istintivamente saputo che sarebbe stato un amante attento. Sarebbe stato intenso e audace come Dan? Sentiva di sì.

Tutti e tre i ragazzi erano forti. Dovevano esserlo per vivere in quella solitudine, guidando il loro bestiame da un pascolo all'altro quando la neve si scioglieva. Avevano costruito un ranch nel deserto. Conducevano i loro capi di bestiame attraverso i boschi e i fiumi, verso una ferrovia a molti chilometri di distanza, dove gli animali venivano caricati su vagoni ferroviari. I ragazzi lavoravano sempre all'aperto e tornavano solo per mangiare e ora... per fare sesso con lei.

JJ sorrise mentre passava sotto il getto bollente della doccia. C'erano cose ben peggiori che una donna era costretta a sopportare.

Natale con i suoi cowboy. Cowboy per Natale. Ancora due giorni alla grande festa. Aveva pensato a un pranzo perfetto. C'erano diversi tacchini e prosciutti surgelati nei congelatori. Ne avrebbe preparato uno per ciascuno. Così avrebbero anche avuto carne per i panini per diversi giorni. Avrebbe congelato le ossa per fare la zuppa a gennaio, quando sarebbe arrivato il vero freddo.

Non vedeva l'ora di fare il ripieno per il tacchino. Aveva visto dei mirtilli in scatola nella dispensa del seminterrato e avrebbe fatto del purè con le patate che Dan aveva raccolto in giardino e conservato in cantina. Aveva anche fatto il suo primo ordine di cibo su Internet, e aveva ordinato qualche regalo di Natale per i ragazzi con i soldi che avevano depositato su un conto bancario online aperto per lei.

La North Country Air aveva risposto confermando la data di consegna dell'ordine. Eppure JJ dubitava che sarebbero arrivati prima di Natale con la bufera in arrivo, ma andava bene lo stesso. Tutto quello che voleva quell'anno per Natale erano i suoi cowboy sexy.

Rise mentre piegava il viso sotto il getto. Chi avrebbe detto che si sarebbe rivelata un'appassionata donna di casa? Le piaceva, amava esserlo. Amava cucinare per loro. I suoi tesori. Come poteva essersi affezionata così tanto a loro in così poco tempo? Il suo cuore si scioglieva quando li guardava.

I ragazzi avevano detto che avrebbe potuto nevicare fino a maggio. Se fossero stati fortunati, poi avrebbe fatto più caldo e Dan avrebbe potuto iniziare a curare il suo giardino nel mese di giugno. Ma cosa avrebbero mai fatto fino ad allora? Con sua grande sorpresa, pensare di essere intrappolata lì con i suoi tre uomini e senza possibilità di scappare non le provocò alcuna crisi di claustrofobia.

La rese felice. Se fosse nevicato, non avrebbe potuto tornare in carcere se avesse fatto qualcosa di sbagliato, giusto? E soprattutto, loro l'avrebbero amata e avrebbero fatto l'amore con lei. Oh, cosa aveva fatto di così bello nella sua vita per meritare tanta felicità? Aveva subito le percosse del patrigno e i suoi abusi su sua madre per arrivare a quel punto. E quasi dieci anni dietro le sbarre.

Un movimento attirò la sua attenzione. Mentre si voltava, scorse Rafe entrare nella doccia. Brividi intensi le attraversarono la spina dorsale giù fino alla figa, che si contrasse. Il bisogno di essere penetrata era così intenso che non poté evitare che un gemito le sfuggisse di bocca.

Mentre lui chiudeva la porta della doccia, i suoi muscoli si tesero. Le sue spalle, il petto e l'addome. Non c'era un grammo di grasso su quel ragazzo. Era magro e in forma grazie al duro lavoro fisico.

Inspirò quando lei abbassò lo sguardo tra le sue cosce. Il suo cazzo era completamente eretto e inguainato in un preservativo trasparente. La sua carne era arrossata e il suo pene era gonfio e lungo circa venti centimetri.

Oddio. Oddio.

Quando si chinò e glielo accarezzò, osservò con stupore il suo pene che si muoveva di scatto.

"Ho aspettato troppo per averti, JJ. Troppo a lungo," disse.

Lei si costrinse ad alzare lo sguardo e vide il suo sguardo che la riscaldò. Lui sorrise e il cuore di JJ mancò un battito. Ogni timidezza che lei provava nel farsi vedere nuda scomparve del tutto.

"Non potevo aspettare che uscissi dalla doccia," le confessò.

"Mi sa che dovrò aspettarmi queste visite senza preavviso."

Cielo, si sentiva le gambe deboli e tremanti sotto lo sguardo di lui. I suoi occhi si scurirono mentre si abbassava su di lei. Il polso batteva all'impazzata. Il sangue che le scorreva nelle vene andò in ebollizione.

Si fermò a un paio di centimetri da lei. Il calore del suo corpo l'avvolse e lei sentì il suo profumo speziato ed erotico. Lui le piaceva molto.

"Hai un buon profumo," gli sussurrò.

"Anche tu." Rafe inspirò profondamente e chiuse gli occhi. Per un attimo sembrò allontanarsi, ma poi i suoi occhi si aprirono di nuovo. Il suo sguardo era intenso mentre la fissava con una ferocia che lei non aveva visto prima in lui.

"Baby, non so quanto tempo posso resistere. Mentre ascoltavo te e Dan ieri sera..." Le parole gli morirono in bocca.

Aveva sentito le sue grida. JJ inspirò in preda all'ansia.

"Voglio solo farti urlare ancora così. Era il suono più dolce."

Oh cielo.

Senza preavviso, allungò le mani a coppa sui suoi seni. Erano calde sulla sua carne e l'immaginazione cominciò a correre mentre lui abbassava la testa e le succhiava il capezzolo sinistro.

Spinse contro il suo seno con la faccia e la portò dolcemente sotto il getto della doccia. L'acqua calda le batteva sulla testa, e JJ sbatté le palpebre per scacciarla dagli occhi.

Rafe continuò a premere contro di lei fino a quando JJ toccò il muro con la schiena. Le piastrelle erano fredde contro il suo sedere e il getto della doccia le bagnava la spalla sinistra.

Erano pancia a pancia e lei rimase a bocca aperta a sentire il suo cazzo premere contro il suo clitoride. La stuzzicava e spingeva contro il suo fascio di nervi fino a che il piacere la consumò.

La barba che le graffiava la pelle del seno e la pressione delle sue labbra che le succhiavano un capezzolo le diedero i brividi. JJ fece scivolare le mani sulle grandi spalle di lui e godette del piacere di avere quei muscoli sodi sotto le dita.

Rafe spostò la bocca sull'altro seno e la sua lingua inturgidì il capezzolo che era ricoperto di gocce d'acqua. Lui l'accarezzò fino a quando lei non provò dolore. Poi prese il capezzolo in bocca. Quel calore era meraviglioso. Le morse la carne tenera e brividi intensi la fecero sussultare.

JJ gemeva piano e lui grugniva in risposta. Le ginocchia oscillavano accompagnate da quel suono sensuale. Intrecciò le dita tra i suoi capelli bagnati.

Era sconvolgente. Lui la afferrò per i polsi e le allungò le braccia sopra la testa, tenendole i polsi bloccati contro il muro, soggiogandola in una posizione di sottomissione assoluta. Poi infilò il cazzo nella sua figa. I muscoli vaginali si serrarono intorno al pene gonfio. Era fantastico. E più grosso di quel che aveva creduto.

Panico. Nessuno l'aveva mai tenuta prigioniera in quel modo. Mai.

"Vedo che hai paura. Non devi avere paura di me. A volte posso essere nervoso ma non devi avere paura, so quello che sto facendo," le sussurrò Rafe con voce roca.

"Non ho paura." Ma ce l'aveva. Eccome. Eppure lo sguardo caldo di lui le scatenò il desiderio. Non aveva alcun controllo su se stessa. Nessun controllo su di lui. Le piaceva.

"Posso essere intenso ma sappi che non ti farò mai del male intenzionalmente. Fidati di me."

Gli credeva. Eppure, stare in quella posizione stimolante ma di grande vulnerabilità la faceva sentire strana.

"Non sai quanta voglia ho di fare l'amore con te." Le ciglia scure si abbassarono sugli occhi vitrei.

JJ chiuse gli occhi e si abbandonò a lui mentre la sua bocca la travolgeva in un bacio folle che succhiò via ogni suo desiderio di protesta.

Lei si bagnò sotto l'assalto del suo bacio. Rafe si mosse con più forza contro di lei e premette il suo grosso cazzo più a fondo dentro di lei. La pressione del suo pene che affondava era incredibile. Le sue spinte si fecero più intense e JJ gemette a quella dolce fitta di dolore.

Rafe uscì di colpo e affondò di nuovo, stavolta più in profondità. Sentiva le vene pulsare mentre premevano contro le pareti della sua vagina e lei gemeva sotto quelle esplosioni di piacere e dolore. Uscì di nuovo, poi si fermò con la testa del cazzo all'ingresso della figa di JJ.

Lei gemette di delusione, voleva che glielo ficcasse dentro, voleva scalciare e urlare mentre raggiungeva l'orgasmo.

Le labbra di Rafe la sorseggiarono teneramente e immerse la mano libera tra i loro corpi. Toccò il clitoride e lo accarezzò. Lei rabbrividì e quasi venne.

La baciò più forte, strofinando il clitoride fino a quando il piacere e il desiderio la fecero quasi impazzire. Il respiro di JJ accelerò. Il suo corpo si contrasse.

La sua lingua sensuale le passò tra le labbra e le penetrò la bocca. Quell'intrusione la sconvolse. Si muoveva così velocemente, questo la inebriò. JJ lottò per tenere il passo con i suoi baci, ma lui la sopraffaceva in modo molto inebriante.

Mosse i fianchi e guidò di nuovo la sua carne dura dentro di lei. Fuochi d'artificio le esplosero dentro. JJ staccò la bocca dalla sua e gridò e poi rimase a bocca aperta, sconvolta. Rafe la lasciò e un attimo dopo le sue dita le scivolarono sotto il mento.

La tenne con fermezza, la bocca scese di nuovo sulle sue labbra. La consumò con un bacio che le sconvolse la mente e le fece tremare le gambe.

Si dimenò contro di lui. Lottò contro di lui mentre annegava nel piacere. La sua figa risucchiava avidamente il suo cazzo. A ogni spinta di Rafe, la vagina di JJ si stringeva sempre di più intorno a lui. Lottò per liberare i polsi dalla sua presa, ma lui la teneva stretta continuando a tormentarla con spinte maliziose e facendola urlare più e più volte mentre veniva.

Rafe era fuori controllo. Sapeva di essere impazzito dopo averla trovata nuda sotto la doccia. Vedere quello sguardo vulnerabile mentre le catturava i polsi e la teneva prigioniera lo aveva acceso. Toccarle i seni vellutati e prenderle i capezzoli in bocca, lo aveva mandato in estasi.

Aveva voluto andarci piano con lei. Domarla con dolcezza. Ma era stanco di aspettare. Era disperato. Aveva bisogno di lei. Voleva stare dentro di lei. Voleva farla sua.

Stava perdendo il controllo ed era incapace di fermarsi. La sua figa era squisitamente stretta mentre lui spingeva febbrilmente nelle sue profondità vellutate. Poteva sentire l'odore dell'eccitazione di JJ diffondersi nel vapore della doccia. Gli piaceva soffocare le sue grida di piacere e i suoi gemiti con la bocca e godere delle sue labbra dolci che cedevano alla sua forza. Sentire il suo corpo spingere e muoversi contro il suo lo fece impazzire.

Cavolo! Lei era la perfezione! Lui la scopava con spinte forti.

Il suo dimenarsi e gli spasmi della sua vagina, lo eccitavano come non mai. Lei lo eccitava come mai nessuna donna aveva fatto. Sensazioni mozzafiato si alternavano su e giù per il suo cazzo. Lame taglienti di piacere lo avvolgevano senza tregua. Il suo pene sussultò dentro di lei e Rafe venne. Forte.

Lo colsero delle convulsioni. Erano pungenti e acute e lo trascinarono in un mondo caotico intriso di piacere dal quale lui non voleva essere strappato.

Si era perso dentro di lei.

SE RAFE NON FOSSE STATO appoggiato a lei, con il cazzo che ancora la impalava, JJ sarebbe scivolata sul pavimento della doccia. Quell'uomo aveva letteralmente sconvolto il suo mondo. Si fermò con la schiena contro il muro e con le braccia imprigionate dalla sua presa. Il suo cuore batteva freneticamente contro il petto e la sua figa continuava a muoversi in spasmi intorno al suo pene.

Misericordia! Lui sì che sapeva come scopare. Si sentiva stordita, disorientata e molto soddisfatta.

"C'è qualcuno alla porta," mormorò Rafe.

Lei pensò che stesse scherzando, così si godette il piacere che viene dopo il sesso e si afflosciò contro di lui, godendosi quei potenti muscoli contro il suo ventre.

Ma poi lui mugugnò, le abbassò le braccia e le liberò i polsi.

Che cosa? Faceva sul serio? JJ sperava in un altro giro. O due. Magari tre?

Batté le palpebre e aprì gli occhi in tempo per vedere che lui si accigliava e scuoteva la testa. Chiuse l'acqua e JJ sussultò quando sentì che qualcuno bussava freneticamente alla porta.

Come diavolo aveva fatto a non sentire?

"Spero tu abbia una buona scusa!" gridò Rafe con rabbia.

"Ho appena ricevuto una telefonata da Kelly." Era Brady. "Ha bisogno di atterrare sul lago, ha un'emergenza. C'è bisogno di tutti noi laggiù. Dan e io prepareremo il necessario per l'atterraggio."

JJ capì l'urgenza sentendo che la voce di Brady era incrinata dalla preoccupazione.

Rafe la guardò e scosse la testa, negli occhi c'era tutta la delusione che provava. "Mi dispiace, tesoro, ma dobbiamo dare una mano."

JJ annuì. "Naturalmente."

Tirò fuori il cazzo dalla sua figa e un attimo dopo uscirono entrambi dalla doccia.

"Saremo giù in un minuto. Prenderemo le lanterne," gridò Rafe.

"Kelly ha bisogno anche di un kit di pronto soccorso. Ha Blue a bordo, che è andata in travaglio. È pronta per partorire."

"Prendo il kit," gridò Rafe.

Quando non arrivò la risposta, JJ dedusse che Brady se n'era andato.

Rafe imprecò sommessamente. "Blue è andata in travaglio presto."

JJ gli gettò un asciugamano e lui cominciò ad asciugarsi.

"Blue?" Era la prima volta che sentiva parlare di questa persona.

"È una pilota di voli bush della North Country Air. Il bambino non era previsto prima di un mese."

"Oh. Così ne sapete anche di pronto soccorso? Pensavo che Dan fosse l'unico ad aver fatto un breve periodo alla Facoltà di Farmacia."

"Abbiamo entrambi seguito dei corsi."

Rafe si asciugò a tempo di record, poi scivolò nella biancheria intima e, quindi, nei jeans.

"Hai mai fatto nascere un bambino?" chiese JJ mentre si asciugava in gran fretta.

Rafe sorrise e si strinse nelle spalle. "No, ma ho fatto nascere dei vitelli. Quanto può essere difficile far nascere un bambino? Assicurati di avere i capelli perfettamente asciutti o ti prenderai una polmonite. Ci vediamo di sotto tra circa un quarto d'ora?"

JJ annuì.

"Oh, tesoro, sei stata fantastica. Dovremo farlo di nuovo, molto presto." Rafe le fece l'occhiolino, chiuse la cerniera lampo dei jeans e uscì.

JJ sorrise, poi rapidamente afferrò il phon e cominciò asciugarsi i capelli. Amava la fiducia di Rafe in se stesso. Sapeva come procurarle un orgasmo veloce e decisamente soddisfacente, e sembrava non aver paura di far nascere un bambino, nonostante l'inesperienza. La sua simpatia per Rafe aumentò di un paio di misure. Ancora una volta, era rimasta colpita e si chiese cosa avesse fatto nella vita per meritare di essere lì, circondata da tre magnifici cowboy.

"SPINGI, BLUE! SPINGI ora!" gridò Rafe alla donna dai capelli biondi, sulla trentina, che si chiamava Blue e che ansimava come una matta standosene accovacciata sul sedile posteriore dello stesso aereo con cui JJ era arrivata lì più di un mese prima. La metà inferiore del corpo di Blue era parzialmente nascosta da una coperta drappeggiata sulle ginocchia. Rafe stava seduto su una cassa di vino, curvo davanti a

Blue mentre JJ gli stava dietro e teneva sollevata una lanterna antivento in modo che lui potesse vedere quello che stava facendo.

"Sto spingendo!" gridò la donna. La rabbia divampava nei suoi occhi blu scuro e il sudore le brillava sulla fronte. Blue strinse i pugni, chiuse gli occhi e cominciò a spingere di nuovo. Il suo viso si tinse di rosso alla luce della lanterna.

Tutto era accaduto così in fretta dopo che Brady aveva bussato alla porta del bagno. Aveva incontrato Rafe nella mudroom, dove avevano indossato i vestiti invernali e preso l'attrezzatura. Rafe si era caricato sulla schiena un grande zaino pieno di accessori di primo soccorso e aveva preso per mano JJ, conducendola fuori nel buio.

L'aria gelida le risucchiava il fiato dai polmoni, mentre camminavano lungo un sentiero arato che scendeva verso il lago. Sul ghiaccio, Dan e Brady stavano guidando grandi spazzaneve e stavano scavando una pista di atterraggio sul lago. Rafe e JJ avevano rapidamente preso delle lanterne da un capanno in riva al lago, le avevano accese e le avevano posizionate lungo i bordi dell'area arata. Kelly era arrivata alcuni minuti più tardi, il suo aereo aveva ruggito sopra le cime degli alberi ed era sceso, liscio come la seta, sulla zona libera sul ghiaccio.

Era la prima volta nella sua vita che JJ desiderava essere coraggiosa come Kelly e pilotare un piccolo aereo. Ma poi il solito terrore le offuscò la mente e lei cancellò quell'idea, ricacciandola da dove era venuta per concentrarsi su come aiutare Rafe.

"Ecco il bambino. La testa è fuori. Un'altra spinta, Blue. Una grossa." La voce di Rafe era più calma, tranquillizzante. Una valanga di emozioni strinse il cuore di JJ mentre Blue sorrideva, chiudeva gli occhi e dava un'altra spinta.

Pochi minuti dopo, JJ teneva tra le braccia una bambina pulita e urlante, avvolta e protetta in una pesante coperta di pile, mentre Rafe accompagnava Blue sul retro di una motoslitta che Brady aveva portato in precedenza con acqua e asciugamani puliti.

"È bella, non è vero?" disse Brady, mentre stava accanto a JJ e osservava la bambina.

JJ avrebbe voluto parlare, ma sapeva che se lo avesse fatto, avrebbe pianto. La bambina era la cosa più dolce che avesse mai visto in vita sua e guardarla era sufficiente a renderla felice e commuoverla fino alle lacrime.

"Per favore, voglio tenere la mia bambina," sussurrò Blue tendendo le mani dal retro della motoslitta.

JJ porse a Blue la sua bambina facendo attenzione. La donna sorrise e coccolò la piccola sul seno. Un attimo dopo, la motoslitta si mise in moto e Rafe guidò verso il ranch, lasciando JJ e Brady da soli.

"Stai bene? Sei silenziosa," domandò Brady. Il dolce sguardo preoccupato sul suo volto la commosse. Era felice.

"Ho appena assistito a un miracolo, Brady. Un miracolo."

Il suo sorriso si allargò. "Quello l'hai fatto tu. Perché non ti avvii verso casa mentre io spengo le lanterne e porto le provviste che Kelly ha consegnato?"

"Kelly ha portato le provviste?"

"Sì, ha detto che ha inviato una e-mail dicendo che avrebbe consegnato le cose che avevi ordinato e che sarebbe venuta stasera. Non l'hai ricevuta?"

Lei scosse la testa. "No, non ho nemmeno controllato la posta. Ho pensato che non sarebbe venuta fino a dopo Natale."

"In realtà la North Country vola praticamente dall'alba al tramonto sette giorni su sette. La donna che gestisce il business è una vera e propria maniaca del lavoro. Credo che avrei dovuto avvertirti che quando si fa un ordine con loro, si può tranquillamente aspettare che consegnino in qualsiasi momento."

"Me ne ricorderò. Ma ho bisogno che tu mi faccia un favore."

"Che cosa?"

"Non aprire nulla. Vorrei farlo io. Va bene?"

Lui la guardò con aria strana e JJ sperò che non sospettasse nulla. I suoi regali per i ragazzi erano sicuramente impacchettati in mezzo alle scorte di cibo.

"È il mio lavoro e mi piace fare così. Prometti?"

Lui sorrise e lei sentì le farfalle nello stomaco, come una bambina.

"Te lo prometto, ragazza JJ."

Oh, le aveva dato un soprannome. Le piaceva.

Le porse una lanterna e fece un cenno di andare verso casa. "Va bene, allora sbrigati. Ti voglio fuori da questo freddo prima che ti buschi un raffreddore."

Si voltò, e prima che potesse allontanarsi, le diede una sculacciata sonora sul sedere.

Lei gridò e si voltò indietro, quasi lasciando cadere la lanterna. Il suo sguardo bollente le scatenò sensazioni indicibili che le sconvolsero lo stomaco.

"Aspettatene molte altre domani sera."

Lei annuì a scatti. Gli piaceva sculacciare? Non era mai stata sculacciata da un ragazzo prima. Non vedeva l'ora di provare.

Non riuscì ad arrivare al ranch abbastanza in fretta. Voleva tenere ancora una volta in braccio quella deliziosa bambina, e poi doveva sostituire il dildo anale con uno di misura più grande.

9.

"Wow, ti sei alzata presto." La voce sommessa di Kelly fece sollevare lo sguardo di JJ dalla terza tazza di caffè fumante che teneva tra le mani. Erano le cinque e Kelly aveva un'interessante aria angelica. Aveva le guance arrossate, i capelli biondi erano arruffati ed era avvolta in di Brady marrone scuro pile veste. Senza un filo di trucco sul viso, quella donna avrebbe potuto fare la modella, tanto era carina.

Vedere Kelly avvolta nella veste da camera di Brady le procurò un morso di gelosia, ma JJ si controllò. Brady era stato così gentile da dare il suo letto a Kelly, Blue e il suo neonato. Si era spostato al piano superiore nella camera degli ospiti. Eppure avere in casa quella splendida donna tanto sicura di sé metteva JJ a disagio.

"Non ho dormito," ammise JJ.

"Insonnia? Ne ho sofferto anch'io." Kelly spostò la caffettiera e si versò un bicchiere di caffè.

Oh, signora, se tu sapessi cos'è che mi ha tenuta sveglia. La sua figa pulsava dal desiderio di ospitare un cazzo gonfio e duro che spingesse in lei. I suoi capezzoli dolevano dal bisogno di essere mordicchiati dalla bocca di Rafe. Ed erano ancora indolenziti a causa dei dolci morsi di Dan. E lei quella sera avrebbe dovuto dormire con Brady? Aveva trovato un suo biglietto sul letto quando era andata a cambiarsi, e si era bagnata. Nel messaggio, le diceva che non vedeva l'ora di stare con lei.

Non era certa di come avrebbe fatto ad arrivare alla sera, quando tutto quello a cui riusciva a pensare era fare sesso con Brady. Il suo corpo desiderava il suo tocco, e bramava perché lui la baciasse come la prima sera. Inspirò profondamente e cercò di calmarsi.

Un attimo dopo, Kelly si sedette accanto a JJ al tavolo da pranzo. Guardò il vicino albero di Natale dove brillavano delicate luci bianche e poi volse lo sguardo alle finestre dove scintillavano altre luci.

"Wow, hai addobbato questo posto davvero bene. Quando sono stata qui lo scorso Natale a fare delle consegne, i ragazzi non avevano preparato nulla per le feste."

"Sono sempre tanto occupati. Lavorano così tanto che a malapena hanno tempo per mangiare, ma mi hanno procurato un albero e poi mi hanno aiutato a decorarlo."

"Sono impressionata, il vostro soggiorno è sbalorditivo. Dovrebbe stare in una rivista."

Quel complimento inorgoglì JJ. Kelly sorrise con entusiasmo ed entrambe sorseggiarono il caffè in silenzio per un paio di minuti carichi d'imbarazzo.

"E allora? Come va dall'ultima volta che ti ho visto?" chiese Kelly.

JJ vide che Kelly la stava fissando con i suoi acuti occhi azzurri. Forse sapeva che JJ aveva fatto sesso con Rafe e Dan? I ragazzi le avevano raccontato qualcosa?

Si strinse nelle spalle e distolse lo sguardo. Per sua sfortuna, le guance le andarono in fiamme.

"Hmm, reazione interessante. Quindi, devo dedurre che tutto sta andando a meraviglia?"

JJ annuì.

Kelly le mise una mano sul polso e lo strinse delicatamente.

"Sono uomini dolci. farai la tua fortuna se te ne accaparrerai uno."

Uno di loro. Gesù, cosa avrebbe detto Kelly se JJ le avesse confessato che se li sarebbe presi tutti e tre? Che tutti volevano fare sesso con lei?

Le sue guance avvamparono ancor di più.

"Come vanno i tuoi attacchi di panico?" chiese Kelly.

JJ si irrigidì. Come faceva a sapere dei suoi problemi di salute?

"Mi hai parlato del tuo problema quando eri ubriaca," rispose Kelly, ovviamente leggendole la sorpresa negli occhi.

"Oh." Ora che Kelly ne parlava, si ricordò di averle detto di aver paura dei luoghi chiusi.

"Ho avuto un forte attacco ma sono riuscita a tenere a bada gli altri. Però non sono stati nulla in confronto a quelli che avevo in carcere."

"Be', stare in prigione manderebbe fuori di testa chiunque. Non so come si possa resistere tanti anni. Io diventeri matta. Tu sei così forte."

JJ rise. Kelly diceva sul serio? "Io sono tutt'altro che forte."

Kellie la guardò sbalordita. Scosse la testa con incredulità. "Non ti sottovalutare, JJ. La maggior parte delle donne di città sarebbe scappata da qui dopo una settimana."

JJ sbatté le palpebre. Davvero?

"Sei una donna forte, una pioniera. Sapevo che eri per questo posto nel momento che ti ho visto. Tu sei perfetta per questi ragazzi. Durerai a lungo qui, e sono sicura che uno dei ragazzi finirà per sposarti. Se non tutti."

Oddio, se tu sapessi quello che sta succedendo.

Kelly rise e le fece l'occhiolino. Bevve un sorso di caffè e fece una smorfia, mentre lo mandava giù.

"Ecco, questo è quello che io chiamo caffè. Perfetto," disse Kelly.

"Lo è, non è vero? Perfetta." La voce di Brady echeggiò mentre scendeva il gradino e camminava verso la cucina. Indossava solo un paio di jeans. Muscoli portentosi e bicipiti divini fecero mostra di sé quando si versò una tazza di caffè.

"Wow! Com'è sexy!" esclamò Kelly strizzando l'occhio a JJ.

JJ aggrottò la fronte, irritata. Era la prima volta che vedeva Brady senza camicia. Non lo aveva mai fatto prima. Almeno non di fronte a lei.

Bastardo. Stava mostrando il suo corpo meraviglioso a Kelly, cercando di impressionarla?

Brady si piazzò davanti a loro. Sorrise prima a Kelly, poi a JJ.

"JJ è perfetta per questo posto e per noi. Non avremmo potuto chiedere di meglio. Dubito che ci sia qualcuno meglio là fuori per noi."

"Parli molto di lei. Se non ti conoscessi bene, direi che c'è stato qualcosa tra voi due," disse Kelly fissando Brady. Lei inarcò un sopracciglio perfettamente disegnato e lo guardò con aria interrogativa.

Brady non si sottrasse al suo sguardo. Eppure a JJ parve di vedere un lampo di interesse nei suoi occhi.

"Mi dispiace, signore. Mi piacerebbe rimanere a chiacchierare e rivelarvi tutti i miei segreti, ma devo tornare nel mio ufficio e controllare la mia e-mail. Continuate pure la vostra conversazione."

JJ sospirò mentre lo guardava passeggiare lungo il corridoio. Il modo seducente con cui i suoi jeans gli abbracciavano il sedere le fece venire voglia di toccarlo e trascinare Brady subito a letto.

"Mi dispiace, stavo solo scherzando," ridacchiò Kelly focalizzando l'attenzione su JJ.

Stava solo scherzando? Le sue speranze crollarono. Aveva pensato che Kelly parlasse sul serio. Per un attimo, si era sentita come se ci potesse davvero essere qualcosa tra lei e i ragazzi. Forse volevano solo il sesso? Forse lei era ingenua a volere di più?

"Cosa c'è di sbagliato? Mi guardi come se avessi improvvisamente perso il tuo migliore amico. È per qualcosa che ho detto?"

JJ scosse la testa. "Mi sono solo resa conto che si sta facendo tardi e devo cominciare a preparare la colazione."

Kelly la guardò inorridita. "Adesso? Che ore sono?" Guardò l'orologio. "Non sono nemmeno le cinque e mezzo e non abbiamo neanche dormito."

"Questa è la vita del ranch. Bisogna alzarsi prima del pesce se si vuole sopravvivere. Mi limiterò a fare una doccia veloce. Servirò la colazione nel giro di un'ora."

JJ ignorò il cipiglio di Kelly mentre si alzava rapidamente da tavola. Kelly aveva ragione, però. D'un tratto si sentì come se avesse perso il suo migliore amico. Forse i suoi *tre* migliori amici.

SI ERA TRASFORMATO in una giornata frenetica, soprattutto con una graziosa neonata che attirava l'attenzione di tutti e distraeva i ragazzi dalle loro faccende. Ora, mentre fissava il Cessna rosso brillante di Kelly che ruggiva nel cielo e scompariva oltre le cime degli alberi con lei, Blue e la sua bambina, che aveva chiamato Blue Ivy, tutto quello che JJ voleva fare era strisciare a letto e dormire per sempre.

Forse era per questo che si sentiva così malinconica e triste. Forse non aveva niente a che fare con il commento innocente di Kelly fatto quella mattina, circa il fatto che ci fosse qualcosa tra lei e Brady. Ebbene, c'era qualcosa tra Dan, Rafe, Brady e lei. Qualunque cosa fosse, stava per godersela.

"Hai fatto un sacco di domande a Kelly sul suo aereo, oggi. Credevo avessi paura degli aerei," disse Brady mentre arrancavano sul sentiero verso casa. Era metà pomeriggio e il cielo era di un azzurro così brillante con il biancore della neve che scintillava al sole, che era difficile credere che il giorno dopo a quell'ora sarebbero stati in preda a una bufera di neve.

"Sono giunta alla conclusione che non ho paura di niente."

Brady ridacchiò. "No, eh? Nemmeno del lupo cattivo?"

JJ aggrottò la fronte. Non era serio ma lei non si aspettava che lo fosse. Era un uomo sicuro di sé e non aveva idea di quello che lei provava quanto era in preda a un attacco. Aveva sempre pensato che quelle crisi venissero dal nulla, ma Kelly le aveva detto che forse potevano avere a che fare con la sua mente. Forse erano i suoi stessi pensieri a spaventarla?

"Kelly ha detto che non c'è nulla di cui avere paura, se non la paura stessa. Ha detto che mi manderà alcuni libri di auto-aiuto per la mia ansia, per i problemi di panico e di claustrofobia. Ha detto che forse la mia mente ha bisogno di pensieri positivi. Invece di pensare che non posso fare qualcosa, devo allenare il mio cervello a pensare che posso."

"Sei una donna forte, JJ. Sono sicuro che avrai la meglio sui tuoi problemi."

Wow. Brady pensava che lei era forte e Kelly aveva detto la stessa cosa quella mattina. Forse JJ aveva un'idea sbagliata di se stessa. Forse era più forte di quanto avesse sempre pensato.

Quando entrarono nella mudroom, JJ cominciò a togliersi la sciarpa, ma Brady improvvisamente le afferrò il polso. La sopresa le accese lo sguardo. C'era qualcosa di inebriante nel modo in cui lui la guardava, e un'ondata di calore inaspettata le montò dentro.

"Aspetta un momento. C'è qualcosa che devo dirti, JJ ragazza," sussurrò.

Invece di lasciarla andare, improvvisamente l'attirò a sé e in un batter d'occhio, lei si ritrovò premuta contro un muro di muscoli. Prima che potesse anche solo capire quello che stava accadendo, il volto di Brady si abbassò su di lei e le sue dolci labbra calde si aprirono sulle sue.

Il calore la inondò. Lui la stava marchiando, le stava insegnando il suo modo di baciare e la convinse ad aprirsi a lui. Fece scivolare la lingua nella sua bocca e la saccheggiò fino a quando lei cominciò a tremare sotto l'assalto della sua stessa eccitazione.

La fame di JJ aumentò e si mosse contro il corpo di Brady, spingendo il seno contro il suo petto, premendo la figa contro l'erezione all'interno dei jeans.

Quando sentì Dan e Rafe parlare nella sala da pranzo, improvvisamente smise di baciarla. Spostò la bocca contro il suo orecchio e le accarezzò la guancia. Il tocco della barba sulla pelle sensibile le scatenò in corpo una cascata di scintille.

"Le cose non sono più le stesse tra noi, vero?" disse a bassa voce.

Lei scosse la testa. "Sono... più intense," ammise.

"Dopo stasera, aspettati una maggiore intensità. Dopo stasera, ti prenderemo ogni volta che vorremo. Ogni volta che tu lo vorrai."

A quelle parole, JJ s'irrigidì, bagnò le mutandine e la bocca si inaridì. Ora JJ era in preda all'agitazione.

Si ritrasse, lasciando andare le mani. Aprì gli occhi in tempo per vedere il dolce sorriso del cowboy.

"A stasera," sussurrò Brady.

Aprì la porta e uscì dalla mudroom. A malapena JJ sentiva il vento gelido sferzarle il viso accaldato caldo mentre lo guardava camminare sul sentiero innevato verso la stalla.

Sì, a stasera.

Qualcuno abbia pietà di me! Quel bacio e quello che Brady le aveva appena detto le avevano fatto tremare le gambe. Era meravigliata che fosse ancora in piedi.

JJ allungò la mano e afferrò la parte posteriore di una delle sedie che costeggiavano il muro della mudroom. Aveva bisogno per reggersi per non cadere. Era un grande momento. Se quell'uomo le faceva quell'effetto di giorno, allora poteva solo immaginare che effetto le avrebbe fatto di notte.

All'improvviso, riposare divenne l'ultimo dei suoi pensieri.

"LA CENA ERA ASSOLUTAMENTE fantastica, JJ. Come sempre." Rafe sorrise mentre si appoggiava allo schienale della sedia e si accarezzava lo stomaco.

"Sai come si dice: il modo più veloce per arrivare al cuore di un uomo è passare per il suo stomaco," ridacchiò Dan appoggiandosi allo schienale della sedia e accarezzandosi la pancia come aveva fatto Rafe.

"Voi ragazzi mi farete arrossire con tutti questi complimenti," disse JJ con una risata alzandosi per andare a prendere il dessert dal frigo.

Erano così dolci a farle tutti quei complimenti, che un'ondata di pura felicità la travolse. Ma non durò. Brady non era tornato per la cena e nonostante Rafe e Dan l'avessero rassicurata che stava bene, lei era preoccupata. Non si era mai perso un pasto insieme a loro con due sole eccezioni, comunque previste.

"Cosa c'è come dessert?" chiese Dan aprendo il frigorifero.

Lei non rispose mentre prendeva il piatto; trattenendosi tra il dolce e gli sguardi curiosi dei ragazzi, mise il piatto sul piano di lavoro. Poi, dal frigorifero, prese un altro piatto con le granelle colorate per decorare il dolce e cominciò a cospargere la panna montata con briciole rosse, bianche e verdi.

"È un segreto?" ridacchiò Rafe.

"Ti do un suggerimento: si ottiene schiacciando bastoncini di zucchero e biscotti al cioccolato..."

"Wow!" gridò Dan.

JJ sorrise e immerse le dita in un altro contenitore, che stava sul piano di lavoro, dove aveva messo i biscotti schiacciati. Ne afferrò una manciata e sparse il tutto sulla crema e sui bastonicini di zucchero schiacciati.

"Panna e brownies, budino al cioccolato e panna montata."

"Oh cavolo! JJ, così mi uccidi!" rise Rafe.

Si era divertita a preparare il dolce. Aveva cotto i brownies mentre Kelly, Blue e la bambina stavano sedute in salotto e aveva fatto un pacchettino in modo che potessero portar via i dolci al cioccolato.

Le due donne erano state così dolci. Aveva scoperto che Blue e Kelly erano amiche per la pelle, che lavoravano con diverse altre donne pilota su un lago a un centinaio di chilometri a nord del Moose Ranch. JJ aveva provato un po' d'invidia e uno strano desiderio di liberarsi delle sue paure quando le due donne le avevano parlato della libertà che si provava a volare sopra le nuvole. Portavano posta e scorte di viveri a persone che vivevano in zone isolate del nord. Avevano appalti del governo per consegnare forniture mediche agli ospedali isolati. Avevano anche trasportato i vigili del fuoco fin nelle profondità delle foreste per combattere gli incendi boschivi.

Quelle donne facevano così tante cose e vissuto così tante avventure che JJ venne letteralmente conquistata dal loro mondo e dal loro stile di vita. E le aveva dato l'idea che il Moose ranch avesse bisogno di un suo aereo privato e lei avrebbe potuto esserne il pilota.

JJ inspirò e derise le sue stesse fantasie. Lei? Una donna incline agli attacchi di panico e di ansia non potrebbe mai diventare un pilota di voli bush.

All'improvviso, si ricordò quello che le aveva detto Kelly: che aveva bisogno di cambiare il suo modo di pensare. Invece di dire che non poteva fare qualcosa, doveva credere che poteva. Kelly le aveva anche confidato che sapeva di cosa stava parlando perché in gioventù aveva sofferto di ansia, di attacchi di panico e di agorafobia.

Se Kelly era riuscita a diventare una pilota di voli bush, allora anche JJ doveva credere che sì, forse un giorno avrebbe vinto le sue paure e avrebbe pilotato un aereo.

Sorrise e prese il dessert.

"Okay, ragazzi, eccolo qui. Buon Vigilia di Natale!" esclamò.

"Wow! JJ! È fantastico!" disse Dan quando vide il dolce.

Rafe lanciò un grido di entusiasmo. Afferrò un cucchiaio e cominciò a servirsi il dolce nel suo piatto.

"Ehi, non prendertelo tutto!" si lamentò Dan.

"Lasciane un po' per Brady. Devo togliere il bucato dall'asciugatrice, torno subito," disse Jj avviandosi verso la mudroom.

La verità era che voleva vedere Brady. Dove diavolo era finito? Sbirciò fuori da una finestra della mudroom, nel buio. Una luce brillava in una delle finestre del fienile incrostate dal gelo. I ragazzi avevano detto che si stava occupando di un paio di vitelli nati quel giorno.

Eppure, lei lo voleva dentro. Insieme a loro. *Insieme a lei.* Perché era così possessiva, così egoista?

Forse perché voleva un altro bacio caldo da lui. Aveva bisogno di lui, nel suo letto, al sicuro e a fare l'amore con lei. Non sapeva per quanto tempo fosse rimasta a fissare la porta della stalla, ma alla fine la luce si spense e la porta si aprì.

Con sollievo osservò Brady uscire dalla stalla.

Era al sicuro.

Provò un profondo sollievo mentre raccoglieva rapidamente le lenzuola dall'asciugatrice e li metteva nel cesto della biancheria. Prima che potesse afferrare il cesto e tornare in cucina, la porta si aprì e Brady entrò accompagnato da una folata d'aria gelida.

"Diavolo, fa freddo là fuori," ringhiò chiudendosi la porta alle spalle. Si voltò e sorrise quando la vide.

"Ehi, aspettavi me?" Le guance erano arrossate dal freddo e gli occhi brillavano divertiti.

L'aveva vista mentre guardava fuori dalla finestra?

"Perché dovrei? Sei un uomo fatto e finito, non hai bisogno che mi preoccupi per te."

Il suo sorriso si allargò. Con sua sorpresa, Brady allungò una mano e l'afferrò per la vita, attirandola contro il suo giubbotto da neve. Il rigonfiamento inconfondibile di un'erezione premeva sfacciatamente contro il suo basso ventre.

Oh mio! Perché è sempre così eccitato?

"Hai dannatamente ragione, JJ, sono un uomo fatto e finito. E stanotte ne avrai la prova," disse in un profondo sussurro.

JJ tremava tra le sue braccia, in attesa di un altro bacio. Quando capì che non lo avrebbe ricevuto, ne rimase delusa. Lui la studiò con uno sguardo bollente che le fece capire che sarebbe stato più appassionato di Dan o Rafe. Forse anche più appassionato di loro due messi insieme?

La sua eccitazione fu scossa da una nota di nervosismo.

"Di che misura è il dildo che indossi adesso?" chiese.

"Large."

Lui annuì.

"Quando i ragazzi si saranno ritirati nelle loro stanze, voglio che tu venga nella mia stanza." La sua voce era bassa e ferma, e non lasciava spazio a discussioni.

Frastornata, JJ annuì.

Lui la lasciò andare, poi le porse il cesto della biancheria. Gli occhi gli brillavano colmi di attesa mentre la fissava.

"Va' prima che ti prenda ora contro questo muro."

Oh mio!

Quasi decise di rimanere solo per vedere se davvero avrebbe messo in pratica la sua minaccia. Quasi.

Ma ancora non se la sentiva di fare una cosa del genere con Rafe e Dan nell'altra stanza. O forse sì?

JJ esitò. Gli occhi di Brady la fissavano in tralice.

L'eccitazione quasi ebbe il sopravvento.

"Va'," le sussurrò lui. Il suo era un ordine perentorio e il suo istinto le disse che voleva stare da solo con lei quella notte, proprio come avevano fatto Rafe e Dan.

Lei annuì a scatti.

Va bene, avrebbe obbedito; avrebbe aspettato un paio di ore e poi lo avrebbe raggiunto nel suo letto. D'un tratto, nient'altro al mondo importava.

BRADY STRINSE I DENTI mentre guardava JJ affrettarsi e sparire con il cesto della biancheria. Gli era piaciuto vedere quel vivace bagliore nei suoi occhi quando le aveva detto di andare nella sua stanza, anziché fare come Dan e Rafe che erano andati da lei.

Sentire il corpo dolce e sinuoso di JJ premere contro il suo gli aveva subito fatto drizzare il cazzo e stringere le palle. In realtà era doloroso fare i due passi fino ai ganci per appendere il giaccone e l'altro equipaggiamento invernale.

Diavolo, aveva bisogno di JJ come non aveva mai avuto bisogno di nessun'altra donna. Non vedeva l'ora di sentirla gemere e urlare come aveva fatto la notte prima quando Rafe l'aveva scopata nella doccia. Era rimasto davanti alla porta del bagno e per alcuni secondi aveva ascoltato il rumore degli schiaffi della carne di lui contro quella di lei. Sapere che un altro uomo la stava scopando senza che lui potesse guardare o partecipare, lo aveva fatto quasi impazzire.

Se Kelly non fosse stata nei guai, si sarebbe unito a Rafe e JJ sotto la doccia. Senza dubbio.

Brady fece una smorfia mentre si sedeva su una sedia della mudroom e si toglieva gli stivali. I suoi jeans erano troppo dannatamente stretti e il suo pene era troppo dannatamente gonfio. L'attesa di affondarlo nella figa calda di JJ sarebbe stata una tortura. Ma sarebbe valsa la pena aspettare. Avrebbe resistito e allora venire dentro di lei sarebbe stato ancora più dolce.

ERA SILENZIOSO QUELLA sera. Troppo tranquillo, pensò JJ mentre in punta di piedi scendeva le scale con le braccia cariche di regali di Natale che aveva impacchettato per i ragazzi. La quiete prima della tempesta, in più di un senso. In fondo alle scale, si fermò a guardare le luci di Natale che brillavano sull'albero e alle finestre.

Sorrise. Kelly aveva ragione. Il soggiorno, addobbato con tutti quei fiocchi rossi, ghirlande verdi e decorazioni colorate, sembrava davvero uscire da una rivista. Era bello da togliere il respiro. Ma lei non il tempo di ammirarlo perché doveva sistemare i regali sotto l'albero.

Si trasferì subito in salotto e sorrise tra sé mentre sistemava i regali. I ragazzi avrebbero avuto una bella sorpresa. Era stata grata a Brady per non aver aperto nessuna delle scatole il giorno prima, quando li aveva portati in casa. Quello era stato un altro motivo per il quale non aveva dormito la notte prima. Era così eccitata all'idea di impacchettare i loro regali che non era riuscita a riposare.

Guardò l'orologio sulla parete vicina, era quasi mezzanotte. Quasi Natale. Nessuno in vista, nemmeno un cowboy. Si guardò di nuovo intorno e scosse la testa. Era davvero in quel luogo meraviglioso? Lei era davvero, davvero lì per fare sesso con i tre cowboy?

Un moto d'impazienza la scosse. Era giunto il momento di andare da Brady.

Inspirò profondamente e si fermò. Quella sera, indossava solo una vestaglia da camera. La vestaglia da camera di Brady, la stessa che Kelly aveva indossato quella mattina. Ma JJ l'aveva lavata con il resto del bucato perché l'ultima cosa che voleva sentire su Brady o sulla sua veste era l'odore di qualche altra femmina. Voleva solo il suo odore sui suoi vestiti e su di lui.

Un rumore ovattato proveniente dalla camera di Brady la fece scattare. La stava aspettando. Solo il pensiero del loro incontro nella mudroom, il ricordo del suo sguardo bollente e dell'erezione enorme che premeva contro di lei, le prometteva piacere infinito. Questo era ciò che lei desiderava: di essere tenuta stretta e sentirsi amata. Di perdersi nel piacere, anche se solo per una notte.

Avanzò di un paio di passi e si bloccò. Brady si trovava proprio di fronte a lei, non più di tre metri di distanza. Indossava solo il suo cappello da cowboy nero e dei pantaloni neri di una tuta. Aveva le braccia incrociate sul petto muscoloso e un sorriso dolce gli inclinava le labbra.

"Cosa stai facendo, signora Babbo Natale?" chiese mentre cercava di sbirciare.

"Niente," ridacchiò lei mentre lo raggiungeva e lo afferrava per i bicipiti con l'intenzione di spingerlo fuori dalla sala in modo che non potesse vedere i regali. Sotto le dita, i suoi muscoli flessi ma lui sembrava inamovibile.

"Brady, andiamo, per favore. Non voglio che tu veda," lo pregò.

"Per favore cosa, baby? Perché dovrei muovermi da qui quando tutto quello che voglio fare è vedere tutto di te?"

Senza aspettare che lei rispondesse, guardò verso il soffitto. Lei seguì il suo sguardo e con grande stupore scoprì una pianta verde con un fiocco rosso che penzolava sopra le loro teste.

"Come diavolo ha fatto ad arrivarci? Che cos'è?"

"Vischio."

Vischio? Impossibile. Era la prima volta che vedeva del vischio.

"Sai cosa significa," sorrise Brady.

"Sei un tipo romantico?" sussurrò lei. Non riusciva a crederci. Brady aveva messo del vischio per lei?

"Non c'è un solo osso romantico nel mio corpo, in realtà," disse scuotendo la testa ma i suoi occhi azzurri brillavano di orgoglio.

JJ trattenne il respiro quando lui aprì le braccia e sollevò la mano destra verso la fusciacca della sua veste da camera, sciogliendo il nodo. La veste si aprì e le mani scivolarono all'interno stabilendosi poi sulla sua vita. Le palme delle sue mani le bruciavano sulla carne e il suo tocco era incredibilmente gentile mentre la stringeva...

Il calore la inondò quando il suo sguardo si spostò dal cappello da cowboy nero agli scintillanti occhi azzurri di Brady fermandosi sulle sue labbra carnose. Moriva dalla voglia di baciarlo.

D'un tratto il vecchio orologio del nonno incassato nell'angolo cominciò a battere. JJ contò dodici rintocchi.

Oh mio Dio, era Natale e lei non riusciva a pensare a nessun altro luogo migliore di quello dove volesse stare.

"Buon Natale, ragazza JJ," sussurrò.

"Buon Natale, Brady."

Tremava mentre lui abbassava la testa e le sue labbra si fondevano con quelle di lei. Si perse subito in mezzo a quelle sensazioni mozzafiato mentre la bocca di Brady scivolava sulla sua, esigente e deliziosa.

Quando ruppe il bacio, le ginocchia le tremavano ancora e gli occhi gli brillavano mentre la guardava.

"Ero serio quando ho detto ai ragazzi che mi hai conquistato al nostro primo bacio," disse con voce roca. "Spero che non ti dispiaccia se ho divulgato quell'informazione. È solo che quando sono lontano da te, tu sei tutto quello a cui riesco a pensare e quando ti sono vicino, voglio solo portarti a letto."

JJ deglutì. Wow, che confessione.

Non le diede nemmeno la possibilità di dirgli che anche lei provava la stessa cosa perché la sollevò tra le braccia. La teneva stretta contro il suo corpo, come se non volesse lasciarla andare. "Voglio fare l'amore con te fino a farci male."

Sangue caldo le defluì nelle vene. Improvvisamente voleva le sue mani su di sé, voleva che lui la scopasse. Che facesse l'amore con lei, che le confessasse il suo amore eterno.

Il suo respiro si fermò quando lui la portò in camera sua. Decine di piccole candele guizzavano con le loro fiammelle gialle. Le candele erano ovunque, sugli scaffali, sui comodini, su una sedia, sul comò e sui davanzali delle finestre. Delicati profumi natalizi di cannella e noce moscata fluttuavano sotto le sue narici. Amava quegli odori, ma molto di più amava il profumo di Brady. Profumava di sapone e di pino. Profumava come la vita all'aria aperta. Come la libertà.

La mise a terra, in piedi accanto al letto, e con una lentezza angosciosa le mise le mani sulle spalle e le sfilò la vestaglia di dosso. La veste si afflosciò ai suoi piedi. Un istante di piena coscienza la scosse, ma quando lui fece scivolare i pantaloni dai fianchi a rivelare la sua enorme eccitazione, ogni remora di JJ si disintegrò.

Imprecò sommessamente circa le dimensioni del suo cazzo. La sua erezione era ancora più grande di quella di Dan o di Rafe e JJ rabbrividì per l'eccitazione e cadde preda di un'aggressività sessuale che non aveva mai sperimentato prima.

Lo raggiunse e gli mise le mani sul petto caldo. Intrecciò le dita tra i peli morbidi del petto e le sue dita si flessero contro i muscoli tenici mentre lo spingeva sul letto. L'istante che mise la testa sul cuscino, lei si mosse su di lui, i suoi seni si schiacciarono morbidamente contro il suo petto. Le loro labbra si fusero e rapidamente Brady le mise una mano tra le cosce mentre lei gli massaggiò lo scroto gonfio. La carne del cowboy era gonfia contro il palmo della sua mano e lei continuò a massaggiargli le palle. Lui gemette e fece scivolare le mani dolcemente sulla vita di JJ.

Una pioggia di scintille di piacere le formicolò sulle labbra quando lui la baciò più forte.

Poi Brady la colse di sorpresa rotolando su di lei. All'improvviso lui era sopra e lei sotto di lui. Ruppe il bacio e lei rise, le era piaciuta la velocità con cui lui aveva preso il sopravvento. Brady sorrise e i denti dritti e bianchi brillarono nel buio. I suoi occhi erano scuri e socchiusi mentre si leccava il labbro inferiore.

"Non so come ho fatto a vivere prima che tu entrassi nella mia vita," sussurrò Brady.

Gli occhi di JJ si spalancarono a quel commento e la sua bocca si aprì per la sorpresa quando lui piazzò una grossa ciotola sul suo cuscino.

"Che diavolo...?" chiese lei. La curiosità la fece sorridere.

JJ trattenne il respiro quando lui fece scivolare il corpo lungo quello di lei verso il basso, fino a che alla parte superiore del busto e la testa furono fra le sue cosce. Poi immerse le dita nella ciotola e prese un po' di budino al cioccolato.

"È da quando ci hai preparato il budino al cioccolato che ho questa fantasia," disse ermeticamente.

Lei rise, ma la gioia si sciolse in eccitazione quando Brady spalmò sensualmente una cucchiaiata di budino sul suo capezzolo sinistro. Il dolce era freddo sulla sua pelle, ma quella sensazione non durò a lungo perchè Brady abbassò rapidamente la testa e succhiò il capezzolo ricoperto di cioccolato. Un calore insopportabile l'avviluppò mentre lui la leccava e mordicchiava. Sensazioni nitide e intense l'attraversarono giù fino alla figa.

Si mosse rapidamente sull'altro seno, spalmando il budino sull'altro capezzolo turgido e poi aprendo la bocca. JJ guardò il suo capezzolo scomparire tra le labbra. La lingua di Brady accarezzò la carne tremolante e una serie di voglie peccaminose montò in lei man mano che lui sla succhiava.

Ansimò quando Brady si allontanò e con la bocca tracciò una scia di fuoco sul suo ventre e poi in basso verso l'attaccatura delle cosce.

Oh mio Dio! Era diretto a sud e lei cominciò a bagnarsi al solo pensiero di quel che Brady stava per fare. Si tolse il cappello da cowboy e il piacere la colse in ondate intense mentre lui spalmava il freddo budino al cioccolato sul clitoride. Poi immerse la testa tra le cosce di JJ e la sua bocca si abbassò sulla sua figa.

Ogni terminazione nervosa si risvegliò e l'eccitazione crebbe a dismisura. La bocca di Brady le succhiava le labbra della vagina e con la lingua entrava e usciva dalla sua figa, poi la bocca di Brady si chiuse sul clitoride. Lui succhiò e sorseggiò il suo corpo fino a quando questo si irrigidì e lei non poté più sopportare l'eccitazione.

Si lasciò andare. Perse il controllo di sé e dei suoi pensieri.

JJ urlò in preda a un orgasmo sconvolgente. Brividi intensi la facevano contorcere, spingendo i fianchi verso il viso di Brady. Le dita si aggrovigliarono intorno alle coperte e ad esse JJ si tenne mentre cavalcava le ondate di piacere.

Quando gli spasmi scemarono, Brady staccò la bocca da lei. Il materasso si mosse e lei aprì gli occhi per vedere che il cowboy stava risalendo. Indossava ancora il suo cappello nero e aveva baffi di budino al cioccolato agli angoli della bocca. Il suo sguardo era scuro e determinato e il suo cazzo gli penzolava pesante e gonfio tra le cosce.

Sembrava grosso e pulsante. La testa del cazzo era arrossata e ingrossata. Lei non riusciva a non guardarlo.

Tremava mentre lui si muoveva con cautela su di lei. Il corpo lungo e caldo la copriva e la testa del suo grosso cazzo si immerse nella sua vagina bagnata. I muscoli vaginali di JJ si allargarono e lei si sforzò di allargarsi abbastanza per ospitare il pene enorme. Ma Brady la penetrò solo di un paio di centimetri, poi si fermò.

JJ tremava sotto di lui.

Allungò le mani e le afferrò i polsi, districando le dita dalle coperte. Le intrecciò alle sue e le tirò su le braccia.

"Sei così bella," disse mentre teneva le mani di JJ in ostaggio sopra la testa e contro il materasso.

Il viso di Jj avvampò a quel complimento e l'alito al profumo di cioccolato le accarezzò la bocca.

"Mi piaceva quello che stavi facendo laggiù," sussurrò lei.

Lui sorrise e gli occhi gli brillarono alla luce delle candele.

"Ti piaceva, vero?" chiese.

"Molto."

Il suo sorriso scomparve.

"Allora, continuiamo."

Lui abbassò la testa e le sue labbra scivolarono su quelle di JJ, dure e feroci. Il suo pene si spinse nella vagina, i muscoli della ragazza protestarono contro le dimensioni del cazzo che dovevano ospitare. Una raffica di piacere-dolore la fece gemere, ma i baci di Brady spazzarono via ogni disagio momentaneo.

"Che regalo di Natale mi hai portato, signora Babbo Natale?" sussurrò lui dopo aver rotto il bacio. Si ritirò dalla sua figa e poi si spinse di nuovo lentamente dentro di lei, più in profondità.

JJ strinse le dita più forte a quelle di lui, mentre soccombeva a un altro morso di dolore-piacere. Accidenti, quanto era grande e duro il suo cazzo!

"Dovrai scoparmi per avere la tua risposta," lo provocò.

"È proprio quello che ho intenzione di fare," sussurrò.

JJ chiuse gli occhi mentre lui faceva ancora una volta scivolare la bocca sulla sua, creando un attrito che le provocò un sensuale formicolio e che la spinse ad ansimare contro la bocca di Brady.

Le si mozzò il fiato quando lui diede un'altra, profonda spinta. I peli del suo petto le stuzzicavano i capezzoli e un moto di eccitazione le bruciò dentro. Il suo fare l'amore si fece d'un tratto feroce e seducente.

Qualcosa di potente cominciò a nascere in lei. Il suo corpo era stretto sotto il suo. I suoi baci si fecero più intensi e il sudore le imperlò la fronte.

Le sue mani serrate in quelle di lui, e all'improvviso era di nuovo eccitata. Un nuovo piacere la travolse. Le sembrò di impazzire, i muscoli si scuotevano in spasmi, la sua mente era sconvolta.

Ruppe il bacio e urlò mentre veniva.

Brady continuò a spingere mentre brividi incontrollabili la scuotevano. I suoi fianchi si muovevano in un ritmo frenetico e il suo respiro si accorciò. I gemiti di JJ si fecero più forti e poi improvvisamente il corpo del cowboy si irrigidì su quello di lei.

Gridò il suo nome, poi il suo cazzo pulsò dentro di lei fino a quando la raggiunse in beatitudine.

LE MANI DI JJ ERANO come seta, pensò Brady mentre la guardava dormire. Aveva fatto l'amore con lei più e più volte per tutta la notte e ora giaceva tranquillamente accanto a lui sul letto. I suoi occhi chiusi erano incorniciati da lunghe ciglia nere e un sorriso le incurvava la bocca dandogli un assaggio delle sue deliziose fossette.

Per la prima volta nella sua vita, si sentiva davvero sessualmente sazio. Era pazzesco perché era stato con alcune donne e aveva sempre pensato di sentirsi meglio dopo una bella scopata, ma con JJ c'era qualcosa di profondo. Qualcosa in più significativo.

Allungò una mano e le scansò dal volto una ciocca di morbidi capelli scuri, poi le fece scorrere un dito lungo il mento. Morbido come seta. Così caldo. Così bello.

Con sua grande sorpresa, il cellulare squillò all'improvviso da qualche parte nella stanza e si ricordò di averlo lasciato nella tasca dei jeans. Li aveva messi sullo schienale di una sedia la sera prima dopo essersi spogliato. In un primo momento decise di lasciarlo squillare, ma poi JJ si mosse. Il sorriso sul suo volto si trasformò in una smorfia, ma lei non si svegliò.

Rapidamente Brady si alzò dal letto, camminò con passo felpato fino alla sedia e pescò il cellulare dalla tasca dei jeans.

Guardò il numero sullo schermo. Sua sorella Jenna aveva finalmente deciso di richiamarlo.

IL RUMORE DELLE RISATE dei tre ragazzi strappò JJ dagli strati lussureggianti del suo sonno intriso di sogni sui tre cowboys che facevano l'amore con lei. Quando aprì gli occhi, seppe d'istinto che Brady non era lì con lei. Non sapeva come facesse a saperlo, ma lo sapeva.

Con sua grande sorpresa, scoprì un cappello da cowboy bianco appeso fuori dal letto oltre la testiera proprio di fronte a lei.

Che diamine...?

Una rosa rossa e un biglietto verde erano legati con un nastro rosso intorno alla tesa del cappello.

JJ,

questo cappello da cowgirl è per te.

Unisciti a noi nel salotto per altri regali di Natale.

Buon Natale!

con amore,

I tuoi cowboy

Brady, Dan e Rafe

JJ sorrise e si rannicchiò sotto le coperte. I suoi cowboys. Sì, ora le appartenevano tutti e tre. Li aveva avuti dentro il suo corpo e ora erano anche dentro il suo cuore.

Un altro giro di risate esplose dal soggiorno e all'improvviso JJ non vedeva l'ora di stare con loro.

"JJ, NON POSSO CREDERE che ci hai regalato calze, guanti e sciarpe dello stesso colore dei nostri cappelli da cowboy," ridacchiò Dan disponendo i capi che gli aveva regalato per Natale.

Accanto a lui, JJ sedeva a gambe incrociate con indosso una delle vestaglie da camera di Brady. Dan decise di regalargliene una rossa e romantica da indossare a San Valentino, in febbraio... nel caso lei fosse ancora lì al ranch.

La sua mente vagava a quello che gli aveva detto Jenna quella mattina. Ma Dan scacciò rapidamente quel pensiero; non voleva pensare alla notizia che gli aveva dato. Voleva solo guardare JJ.

Le sue guance erano arrossate e gli occhi brillavano mentre rideva del suo commento. Il suono dolce era cristallino e le veniva dal cuore. Il cuore di Dan sobbalzò.

"Beh, vi avrei regalato qualcosa di meglio se avessi avuto più tempo. Ma tra le faccende e voi ragazzi che piombate qui nei momenti più inopportuni, dovevo stare molto attenta. Sai quante volte ho dovuto correre fuori dall'ufficio quando ho sentito uno di voi entrare dalla mudroom? Non volevo che capiste che vi stavo preparando i regali di Natale."

"Parlando di regali di Natale," disse Rafe alzandosi.

Brady annuì guardando la cima dell'albero e Dan osservò JJ che seguiva i loro sguardi. Le sue sopracciglia si aggrottarono mentre Brady allungava una mano verso la cima dell'albero di Natale e prendeva una piccola scatola di velluto nero.

Rafe gliela consegnò e il cuore di Dan si sciolse quando JJ si strinse le mani al petto.

"Per te, JJ, da parte di tutti noi," disse Brady con voce impastata.

Un'emozione inaspettata gli ribollì dentro guardandola mordersi il labbro inferiore e scuotere lentamente la testa in segno di incredulità.

"Non c'era bisogno di farmi niente, ragazzi," disse piano. Le sue guance avvamparono in una deliziosa tonalità di rosa.

Era in imbarazzo. Non era abituata a ricevere regali. Beh, diavolo, l'avrebbero viziata con una tale quantità di regali che avrebbe smesso di arrossire e si sarebbe abituata ad essere sommersa di doni. Poi avrebbe avuto altre ragioni per arrossire.

Il respiro di Dan accelerò a quell'idea. Aveva sentito le grida di JJ la notte prima, quando Brady aveva fatto l'amore con lei. Aveva ascoltato i suoi gemiti quando Rafe l'aveva presa sotto la doccia e che aveva ascoltato le sue dolci grida in prima persona, quando l'aveva scopata nel suo letto.

Ma quando tutti e tre l'avrebbero presa...

Inspirò lentamente e dolorosamente mentre il suo cazzo premeva contro i pantaloni. Si costrinse a concentrarsi su JJ mentre di avvicinava. Le sue dita tremarono quando accettò la scatola.

Ma quando vide che non apriva la scatola ma restava solo a fissarla, Dan guardò Brady che ricambiò lo sguardo e si strinse nelle spalle.

"Andiamo, JJ. Aprila. Buon Natale, tesoro," disse Rafe che sorrise e fece l'occhiolino a Dan e Brady.

Lei scosse la testa lentamente, lo sguardo pieno di incredulità ancora sul viso. "Non dovevate davvero regalarmi nulla. Ho già più di quanto abbia mai meritato."

Era seria?

"Andiamo, baby. Tu meriti molto più di quanto possiamo mai darti, giusto, ragazzi?" disse Dan. Non riusciva a credere che lei potesse pensarla davvero così.

"JJ, tesoro, noi teniamo a te molto più di quel che credi," disse Brady.

Dan reagì in ritardo alla voce impastata di Brady e all'intensità con cui studiava JJ. Dan non lo aveva mai sentito usare quel tono prima. JJ lo aveva seriamente colpito. A pensarci bene, Brady non era più scontroso dal giorno dopo l'arrivo di JJ.

Diavolo, i miracoli potevano sempre accadere. Forse c'era davvero speranza per loro quattro!

JJ stava per piangere. Lei non possedeva gioielli perché la prigione non permetteva ai detenuti di averne. Non aveva mai toccato nulla di così morbido prima, era come se il velluto della scatola stesse facendo l'amore con le sue dita.

Quando alzò lo sguardo dalla scatola e vide l'eccitazione sui volti dei ragazzi, qualcosa di meraviglioso accadde in lei. Per la prima volta dopo tanto tempo, si rese conto che meritava un per-sempre-felice-e-contenta proprio come chiunque altro. L'incredulità sparì e JJ si sentì all'improvviso piena di fiducia. Forse tutto quello era davvero destinato a durare.

Sollevò il coperchio della scatola e la sua bocca si spalancò per la sorpresa. Una splendida collana d'oro scintillava sul velluto di raso bianco che stava all'interno della scatola. Dalla collana pendevano tre cappelli da cowboy, ognuno con una pietra diversa incastonata al suo interno.

"La collana è d'oro puro," dichiarò Rafe mentre la tirava fuori dalla scatola perché lei potesse vederla meglio.

I cappelli da cowboy scintillavano sotto le luci dell'albero di Natale.

"Sì, e ogni cappello da cowboy ha un portafortuna," disse Dan guardando i cappelli penzolare dalla catena d'oro.

"Il cappello nero è di Brady. Il piccolo zaffiro blu rappresenta il suo compleanno, nel mese di settembre. Il cappello di Rafe è quello beige e, sì, quello incastonato è un vero diamante bianco. Il suo compleanno è nel mese di aprile e il cappello marrone scuro con lo smeraldo rappresenta il mio compleanno a maggio."

"Sono tutti così belli." JJ non aveva mai visto niente di così meraviglioso. Mai.

"E questa è arrivata per te proprio questa mattina. Era nella mia casella di posta elettronica. Un regalo di Natale perfetto," disse Brady. Si alzò e le consegnò una busta bianca dopo averla presa da dietro il tostapane, dove evidentemente l'aveva tenuta nascosta.

"Che cos'è?"

JJ si accigliò quando notò l'indecisione nello sguardo di Brady. Anche Rafe e Dan erano diventati improvvisamente taciturni. C'era una strana inquietudine nell'aria e JJ non era sicura che le espressioni serie sui loro volti le piacessero.

Fino a quel momento, i tre ragazzi erano sembrati tranquilli e felici di averla intorno ma nel momento in cui Brady le diede la busta apparirono tutt'altro che entusiasti.

Sembravano quasi... impauriti?

In un attimo, la busta che Brady le tendeva divenne il nemico. Non voleva accettarla, non voleva sapere cosa ci fosse dentro.

"Prima di aprirla, vogliamo che tu sappia una cosa: quello che c'è dentro non cambia ciò che proviamo per te. Vogliamo che resti qui con noi. Per sempre," le disse Brady a bassa voce.

Quello che provavano per lei? Di cosa diamine stava parlando Brady?

Le parole *per sempre* risuonarono nella sua mente e lei a stento trattenne una marea di emozioni.

"Che cosa mai ci sarebbe nella busta che dovrebbe cambiare i miei sentimenti per voi ragazzi?" Nulla le avrebbe fatto cambiare idea. Lei aveva bisogno che loro restassero nella sua vita. Voleva prendersi cura di loro. Li amava.

JJ scosse la testa. "Non voglio aprirla. Basta, gettala via."

Brady sembrava stordito. Rafe e Dan aggrottarono la fronte.

"JJ, guarda cosa c'è in quella busta," la incoraggiò Dan con calma.

"Perché sembrate così seri? È Natale e un regalo si suppone che debba rendervi felici. Questa busta mi sta dando cattive vibrazioni," ammise.

Quello che fino a quel momento le era sembrato il Natale più bello della sua vita si stava rapidamente trasformando in un incubo.

"Fidati di noi, apri la busta, tesoro," disse Dan. Con sua grande sorpresa, le mise un braccio sulle spalle e la strinse dolcemente.

"È necessario che tu la apra perché è il più bel regalo di Natale che tu possa mai desiderare," replicò Brady. Si sedette sul pavimento accanto a JJ e le mise la busta in grembo. Il suo sorriso era incerto. E continuò ad esserlo. Ma perché? Cosa c'era nella busta?

"Se è il miglior regalo possibile, allora perché aggrotti le sopracciglia?" chiese lei.

"Abbiamo paura che tu voglia lasciarci," disse Brady. Il suo sguardo si rabbuiò e un muscolo della guancia gli si contrasse.

JJ cominciò a innervosirsi.

"Perché siete così maledettamente misteriosi?"

Con sua grande sorpresa, tutti e tre risero.

"Sei tu quella che è misteriosa a non voler aprire la busta, JJ," disse Rafe con una risatina.

JJ fissò la busta che aveva in grembo. C'era scritto il suo nome completo, Jennifer Jane Watson. Non JJ. Era la calligrafia di Brady ma perché aveva scritto il suo nome in modo tanto formale?

D'un tratto la gola le si inaridì. Il suo cuore cominciò a correre. E montò l'ansia.

Merda. Non adesso. Non poteva avere un attacco proprio adesso.

Aveva bisogno di sapere cosa c'era dentro, doveva sapere che cosa la stava mettendo tanto a disagio.

Fece un respiro profondo e strappò un'estremità della busta sigillata. Dentro, c'era un foglio di carta ripiegato. Con dita tremanti, strappò il resto della busta e dispiegò il foglio.

Sembrava una lettera ufficiale. Lesse le parole digitate, in uno stato di ipnosi. Ma quattro parole la colpirono maggiormente.

Condono totale della pena. Altrimenti nota come una grazia.

Riusciva a malapena a sentire Brady che parlava.

"Mia sorella mi ha chiamato questa mattina. Ha trasmesso la lettera qui via e-mail e io l'ho stampata per te. Lei conosce alcune le persone che hanno riesaminato la tua sentenza. Jenna ha detto che hai avuto un avvocato difensore che non valeva niente e che c'erano così tanti cavilli a cui potersi attaccare per fare ricorso che non è stato nemmeno divertente lavorarci su. Ha detto che non avresti mai dovuto andare in prigione considerate tutte le ferite da auto-difesa che avevi sulle braccia e sulle mani e su altre aree del corpo. E che avevi tutto il diritto di difenderti considerati tutti gli abusi che te e tua madre avevate subìto."

Oh accidenti. I ragazzi conoscevano tutti i dettagli? Che quando era tornata a casa dopo una visita a un amico, aveva trovato il cadavere della madre nel corridoio e aveva perso la testa. Aveva visto il patrigno seduto a guardare la tv come se niente fosse, come se il cadavere di sua madre non fosse nemmeno in casa. Come se lui non l'avesse uccisa.

Si era infuriato sentendo JJ urlare e aveva cominciato a picchiarla. Le aveva rotto un braccio e un polso e lei aveva temuto per la sua stessa vita; e per la rabbia e l'odio nei suoi confronti per tutto quello che aveva fatto a sua madre, lei aveva afferrato l'attizzatoio e glielo aveva fracassato sulla testa, uccidendolo all'istante. Vederlo morto le aveva dato un gran sollievo e l'aveva resa felice. Aveva raccontato tutto ai poliziotti che erano arrivati sul posto. Poliziotti, che erano stati i collaboratori del patrigno e che avevano fatto in modo che lei pagasse per quello che aveva fatto a quel figlio di puttana.

"Hanno anche considerato la tua buona condotta in carcere, e i suoi amici sono stati in grado di consultare le persone giuste per farti avere la grazia. È arrivata proprio stamattina. L'indulto è legittimo," le disse Brady a bassa voce.

"Congratulazioni, JJ," dissero sia Rafe che Dan.

Ora erano allegri, ma lei riusciva a malapena a sentirli tanta era l'incredulità che le ronzava nelle orecchie e che la stordiva.

Era stata perdonata? Era libera?

"Stai tremando," notò Dan quando l'abbracciò. Il suo abbraccio caldo era proprio quello di cui lei aveva bisogno e si abbandonò alla sua forza.

"Io... non so cosa dire," fece JJ mentre fissava la lettera.

"Un fottuto, splendido regalo di Natale, direi. Siamo molto contenti per te, JJ," ammiccò Rafe.

"Sei libera, ragazza JJ," disse Brady con un sorriso.

Il dubbio la scosse. Era libera. Allora perché si sentiva in quel modo?

Improvvisamente, le luci sopra la sua testa cominciarono a tremare. Poi nella casa calò il buio.

Oh merda. Non un'altra volta.

"JJ È TROPPO DANNATAMENTE tranquilla," gridò Rafe dietro a Brady mentre incespicavano nei cumuli di neve. Stavano usando la guida di corda in modo da non perdersi nella tormenta mentre si dirigevano dal fienile verso la casa.

Il vento che ululava gelava la pelle del viso e fiocchi di neve mordevano dolorosamente le guance. Il freddo li spronò a muoversi a maggiore velocità, ma non riuscivano a prendere il ritmo perché la neve si stava accumulando rapidamente fin oltre le ginocchia. Sembrava che la bufera non concedesse tregua e che non lo avrebbe fatto per un bel pezzo.

Dopo un pranzo veloce, avevano trascorso una buona parte del pomeriggio nella stalla con le bestie innervosite. Quel pomeriggio, Dan aveva aiutato due vitelli a venire al mondo. I vitelli di Natale. Erano stati due parti difficili, ma i cuccioli erano robusti e sani. Le loro madri, pur essendo indebolite dal parto, li avevano accettati immediatamente.

Le mucche gli ricordavano JJ. Quando avesse avuto dei figli, sarebbe stata come tutte le neomamme: protettiva, premurosa e amorevole. Con loro tre, era così: una mamma chioccia molto sexy. Una donna che, per sua natura, amava prendersi cura delle persone.

Tramite il programma Freedom Run, ai tre erano state fornite alcune informazioni sul terribile passato di JJ e questo era il motivo per cui non le avevano fatto pressioni per avere informazioni più dettagliate sulla sua vita in carcere. Ammettere di essere sola al mondo gliela aveva resa ancor più cara.

Adesso era libera di lasciarli.

Il suo stomaco si contorse per la tensione.

"Non mi aspettavo che reagisse così alla grazia. Nemmeno un sorriso. Non sembrava felice. Era più felice per la collana. Perché mai?" gridò Brady.

"Non ne ho la più pallida idea. So solo che non mi piace vederla sconvolta. Mi uccide," gridò Rafe.

"Eventuali suggerimenti su cosa potremmo fare per tirarle su il morale?"

"Se una grazia non rende una donna felice, non so proprio cosa possa farlo!" rispose Rafe.

I due rimasero in silenzio ma mentre si avvicinavano alla casa, una figura sbucò dalla bufera.

Era Dan con le sopracciglia e le guance bianche di neve. Aveva le braccia cariche di legna da ardere.

"Una tempesta del diavolo, eh?" gridò Dan.

"Puoi dirlo!" urlò di nuovo Brady.

Rafe prima salì gli scalini ricoperti di neve e poi aprì la porta in modo che potessero togliersi dal forte vento.

"Ehi, che profumino. JJ dice che sta preparando il tacchino per la cena di Natale," disse Dan mentre Brady afferrava i ciocchi e li metteva rapidamente sulla catasta, appena oltre la porta.

"Sento odore di biscotti di pan di zenzero, anche. Tra i miei preferiti," sorrise Rafe.

"Anche a me piacciono. Immagino che sia per questo che mi ha cacciato fuori. Quindi lei potrebbe sorprenderci con i biscotti," ridacchiò Dan mentre i tre si toglievano i guanti e i cappelli che JJ aveva regalato loro, poi presero i cappotti e li appesero a dei ganci vicini. Si liberarono degli stivali e li ammucchiarono lungo il muro.

"La legna da ardere dovrebbe essere sufficiente per tutta la notte. Mi ci è voluta più di un'ora di lavoro solo per portare dentro tutta questa legna. Probabilmente non hai notato che ho spalato un passaggio fino alla stalla, ma il momento che ho finito ho dovuto rispalare un altro passaggio per poter tornare a casa," rise Dan.

"Cavolo, se non lo avessi fatto saresti ancora in mezzo alla neve," sorrise Rafe.

Brady inalò il profumo del tacchino fino a riempirsi i polmoni e lasciò che i ricordi lo riportassero indietro nel tempo. Il Natale a casa sua a Toronto, da bambino, era sempre stato un momento emozionante. Sua madre, una professoressa di liceo part-time, cucinava una marea di roba a Natale. Faceva cantare le canzoni di Natale a tutti, faceva loro indossare il grembiule e insegnava a cuocere torte alla frutta e biscotti. Il padre, un architetto di successo, si occupava sempre di cucinare un paio di enormi tacchini.

Era stata una bella vita, bella davvero. E poi un giorno, era andata in frantumi.

Un brivido di tristezza attraversò Brady al ricordo che i suoi genitori non c'erano più. Erano morti cinque anni prima, poco dopo Natale. L'auto del padre aveva sbandato su una lastra di ghiaccio sulla strada di casa, a nord di Toronto. L'auto aveva fatto un testacoda e si era fermata in mezzo alla strada. Un tir l'aveva preso in pieno ed entrambi i suoi genitori erano morti sul colpo. Sua sorella minore, Ginny, era in macchina e aveva subito gravi lesioni. Per fortuna, però, era sopravvissuta.

"Dove sono quei biscotti di pan di zenzero?" urlò Rafe sfregandosi le mani e facendosi strada lungo il corridoio.

Quando entrarono in cucina, JJ non c'era ma furono accolti da una montagna di biscotti di pan di zenzero servita su un piatto al centro del tavolo della sala da pranzo. I biscotti sembravano deliziosi. JJ li aveva decorati con glassa bianca, disegnando su ogni biscotto due occhi e una bocca sorridente.

Con sua grande sorpresa, c'era qualcosa proprio accanto ai biscotti. Un cesto di vimini con un grande fiocco rosso sul manico.

"Che diavolo è?" sussurrò Dan mentre lui e Rafe se ne stavano accanto a Brady e sbirciavano all'interno del cesto.

"Chi l'ha lasciato qui?" chiese Rafe.

"Secondo te?" ridacchiò Dan.

Brady sbatté le palpebre, sorpreso, mentre fissava il grande tubo di olio lubrificante, le confezioni di preservativi colorati e sexy, e un paio di mutandine nere trasparenti.

"C'è un biglietto," disse Dan ma prima che potesse afferrarlo, Brady lo tirò via dal cesto.

Il tacchino può attendere.

Che cosa sceglierò?

Gli omini di pan di zenzero, o con tre mi divertirò?

"Con tre mi divertirò? Che cosa signif...?" si domandò Rafe ma le parole gli morirono in gola.

"Ci vuole un'illuminazione," sussurrò Dan.

"Merda," rispose Brady comprendendo all'improvviso il significato del messaggio di JJ e il contenuto del cesto.

JJ era pronta. Per tutti e tre.

JJ CONOSCEVA IL MOMENTO esatto in cui i ragazzi avevano trovato il suo messaggio e il cesto. Un attimo prima erano al piano di sotto a parlare e ridere, e un attimo dopo c'era solo silenzio in casa. La cena non sarebbe stata pronta prima di un paio d'ore e lei aveva lasciato le mutandine nel cesto. Indossava il cappello da cowboy bianco che le avevano regalato e una vestaglia nera trasparente che lasciava poco all'immaginazione. L'aveva acquistata on-line ed era arrivata con i regali dei ragazzi.

L'istante che aveva visto quell'indumento, aveva capito che era fatto apposta per lei. Per il suo lato sexy, il lato che voleva sperimentare considerando che tutto quello che aveva potuto fare in carcere era stato masturbarsi. E nemmeno bene, a causa delle telecamere di sorveglianza.

Quello che indossava non era l'unico indumento che aveva acquistato. Ne aveva comprati anche altri come jeans più attillati, top e qualcosa che aveva sempre desiderato ma non aveva mai sentito il bisogno di avere in carcere: dei cosmetici.

Aveva messo su solo un velo di rossetto rosa e un po' di mascara nero. Le piaceva il suo nuovo look e sperava che piacesse anche ai suoi cowboy.

Tremava di paura e di eccitazione mentre guardava fuori dalla finestra della sua camera. Vortici di neve colpivano i vetri e cadevano sul vicino prato e nel cortile. Ma oltre a questo, non riusciva a vedere altro che biancore freddo e immacolato. Tutto quello che si trovava oltre semplicemente... sembrava non esistere.

Come la sua vita in quel momento. Riusciva a vivere solo alla giornata, perché le cose erano cambiate tanto drammaticamente quella mattina, quando Brady le aveva consegnato la busta contenente il suo futuro.

Non riusciva a credere a quanto fosse stata fortunata. In un primo momento, a essere rilasciata sulla parola, e poi ad arrivare in quel ranch e incontrare tre cowboy gentili che l'avevano accolta pur aspettandosi qualcun altro. Erano stati a letto con lei. Le avevano detto che erano la sua famiglia.

Ora, con la grazia, doveva ringraziare la sorella di Brady con il cuore in mano per essersi adoperata tanto per lei. Jenna aveva aperto una porta sul futuro di JJ. Adesso lei era libera di fare quello che voleva. Eppure, per quanto le cose fossero cambiate, tutto era sempre uguale.

Voleva restare con i ragazzi. Aveva bisogno di Brady, Rafe e Dan, e aveva bisogno di prendersi cura di loro e di amarli. Le erano entrati così tanto nel cuore che ora li voleva tutti e tre dentro di lei.

Un rumore sommesso alla porta la fece voltare.

Erano arrivati. Brady teneva il cesto rosso, e Rafe e Dan stavano dietro di lui. Ognuno di loro indossava il cappello da cowboy. Niente camicia. Niente scarpe. Niente calzini. Solo un sacco di muscoli e jeans. Jeans con enormi rigonfiamenti tra le cosce.

Il nervosismo la fece tremare. I loro occhi erano scuri e le palpebre socchiuse. La guardavano come se fosse la loro preda. Come se volessero divorarla. Poteva persino sentirli. Respiravano profondamente. Il loro bisogno di dominarla aleggiò nell'aria e l'avviluppò.

Sentì i seni improvvisamente pesanti, le gambe deboli. Il desiderio le pulsava dentro, carico e infinito. Si bagnò.

Oddio, che cosa aveva scatenato scrivendo quel biglietto e lasciando quei doni nel cestino? Lo aveva fatto d'impulso perché voleva fare sesso di gruppo come regalo di Natale.

Le dita si annodarono nervosamente l'una all'altra quando Brady avanzò e posò il cesto ai piedi del letto. Poi le si avvicinò. Le sue gambe erano lunghe e camminava con sicurezza. Il rigonfiamento tra le cosce sembrava molto più grande, ora.

Allungò le mani ad afferrare le sue e le strinse delicatamente come per rassicurarla sul fatto che avesse fatto la scelta giusta. Ma era davvero così?

All'improvviso, JJ si scoprì terrorizzata. Brady la lasciò andare e lei fu colta da ogni sorta di dubbi. Le dita del cowboy raggiunsero i jeans.

"Hai un aspetto fantastico in nero," le sussurrò slacciandosi i pantaloni.

JJ cominciò a tremare. Si morse il labbro inferiore e guardò il suo cazzo che si muoveva liberamente. Si protendeva verso l'alto, verso il suo addome. Era grosso e gonfio. Molto grosso.

"Godrò a guardarti mentre ti scopiamo tutti e tre insieme, ragazza JJ," sussurrò.

Un delizioso calore le fece fremere la figa.

Brady sentì un fruscio di vestiti alle sue spalle. Rafe e Dan si spogliarono e quando Brady si fece da parte, JJ vide le loro erezioni, e vide che si masturbavano.

Lei ansimò quando Rafe avanzò verso di lei e si fermò alle sue spalle.

"Lubrificante," ordinò.

Dan prese il lubrificante dal cesto e lo gettò a Rafe, che lo afferrò con sicurezza. Poi Dan raggiunse Brady e si fermò accanto a lui, di fronte a JJ. Lo sguardo riconoscente di Dan indugiò sui seni di lei e poi si sollevò per guardarla.

"Brady ha ragione, JJ. Sei fantastica. Sei assolutamente splendida," le sussurrò.

Dan scansò Brady con una gomitata e si avvicinò. Lei trattenne il respiro quando le afferrò le mani e le tenne più o meno allo stesso modo in cui Brady aveva appena fatto. Le dita del cowboy la strinsero dolcemente.

"Non ci aspettavamo che ti sentissi pronta così presto," disse Dan. I suoi occhi brillavano di apprezzamento e sorrise enigmaticamente.

"Io... io non sono sicura di esserlo," sussurrò dicendo la verità. Ma il suo corpo esultava dal desiderio, qualcosa che non aveva mai sperimentato prima. Le piaceva.

"Lo sei, o non ci avresti lasciato quel messaggio, il cesto e il lubrificante," disse Brady.

Lei deglutì e annuì a scatti. Aveva ragione.

"Rafe ti preparerà mentre Dan e io giocheremo con te," sussurrò Brady.

"O... okay."

JJ si tormentò il labbro inferiore mentre il rumore del lubrificante che usciva dal dispenser echeggiava nell'aria.

"Sì, ti daremo qualcosa che ti farà ricordare di noi." Dan fece scivolare la mano ad accarezzarle la parte esterna della coscia. Le sue dita erano calde e le procurarono una lunga scia di piacere.

D'un tratto, capì perché i ragazzi l'avevano guardata con disperazione, quando le avevano consegnato la busta con la grazia. Pensavano di averla persa, pensavano lei avrebbe preso la grazia e sarebbe volata via.

"Ma io non voglio lasciarvi," sussurrò.

Tutti e tre si irrigidirono. Oh no. Aveva detto qualcosa di sbagliato.

"A meno che... non vogliate che me ne vada," sussurrò. L'insicurezza la colse. E se non volevano che rimanesse?

Dietro di lei Rafe imprecò dolcemente. Brady e Dan la fissarono come se all'improvviso le fossero spuntate le corna.

"Baby, dici sul serio? Non ti scoperemmo se non ti volessimo," disse Dan.

Sorrise e le sue mani le cinsero la vita, il suo tocco fu come fuoco sulla pelle. Si chinò, il suo respiro era caldo sul collo di lei. La barba leggera le solleticò la pelle mentre le succhiava il lobo. La mordicchiò fino a che un delicato fruscio le solleticò il collo. Quando ritirò il volto dai suoi capelli, JJ voleva che ci si rituffasse.

"Vogliamo che tu rimanga con noi per sempre," sussurrò Brady.

Lui sorrise e le guance si colorarono di un leggero rossore. Quello sguardo timido, che aveva notato la sua prima notte al ranch, comparve di nuovo. Il cuore le fluttuò nel petto. Quell'espressione sul suo viso era così accattivante.

"Più che per sempre," grugnì Rafe da dietro.

Wow, sembravano così possessivi. Una sensazione di appagante felicità le esplose nel cuore. Lei davvero apparteneva a quel luogo. A quegli uomini.

Ansimò quando un dito molto lubrificato scivolò contro il suo sfintere stretto. Aveva tolto il dildo più grande quella mattina, dopo una doccia veloce, e da allora provava una sensazione di vuoto laggiù. Ora, con Rafe che le premeva il dito nel culo, i suoi muscoli si serrarono per non farlo entrare. Premette il dito dentro lo sfintere e JJ sibilò mentre quello scivolava in profondità.

Davanti a lei, la mano di Dan afferrò l'orlo della vestaglia e JJ trattenne il fiato quando lui la sollevò e scoprì la figa e poi i seni.

"Solleva le braccia, bambina," le sussurrò. Lei obbedì e fece scivolare la vestaglia leggerissima sopra la testa, lasciandola poi cadere sul pavimento. Era nuda, completamente esposta ai loro sguardi ma non ebbe il tempo di provare imbarazzo perchè Dan abbassò la testa. Le prese il seno e le succhiò il capezzolo destro. Lei gemette a quella deliziosa pressione mentre lui lo mordicchiava e lo leccava.

Brady si era messo ad angolo alla destra di JJ. Le sue dita le presero il mento, esortandola a girare la testa verso di lui. Quando lei lo fece, le sue labbra la catturarono in un bacio bruciante che le mandò delle scariche elettriche giù fino ai piedi. La lingua di Brady si spinse nella sua bocca e cominciò ad accarezzare la sua. Una cascata di sensazioni forti le percorse la schiena. Il suo bacio era intenso e coinvolgente. Volendo di più, lei gli si avvicinò e fece scivolare le mani intorno al suo pene gonfio.

Il cazzo pulsava contro le mani di JJ e Brady gemette. Il bacio si fece più intenso.

Dietro di lei, Rafe ritirò il dito. Seguì il suono di altro lubrificante che usciva dal dispenser e JJ emise un grido strozzato nella bocca di Brady quando Rafe inserì in lei due dita scivolose. Le sue cosce si irrigidirono quando lui spinse le dita più in profondità. La pressione esplose contro i suoi muscoli anali. Quelle sensazioni la eccitarono.

Rafe ritirò di nuovo le dita. Ancora il suono del lubrificante e le ginocchia tremarono quando lui le inserì tre dita nell'ano. Lo spessore dell'intrusione la inebriò. JJ voleva che lui facesse scivolare il suo cazzo dentro e fuori di lei.

Gemette e allargò le gambe, in attesa di altri stimoli. Chiuse le dita intorno al cazzo di Brady, che si contraeva e pulsava nelle sue mani.

Dan si spostò sull'altro seno e succhiò l'altro capezzolo. Lei rimase a bocca aperta, mentre il suo pene duro bruciava lungo il lato della coscia. La pressione delle sue labbra sul suo capezzolo la fece impazzire. Ogni muscolo del suo corpo era teso. Improvvisamente, sentì di non poter più aspettare. Un bisogno di essere penetrata la indusse a interrompere il bacio.

"Ora! Prendimi ora," sibilò contro la bocca di Brady.

Allora i tre cowboy si mossero all'unisono e la portarono a letto. Strapparono tre confezioni di preservativi e li indossarono sui loro cazzi duri.

Brady si sdraiò vicino al bordo del letto, con il cazzo all'aria. Tese le braccia verso di lei e d'un tratto JJ non vedeva l'ora di montarlo. Si arrampicò sul letto.

Su di lui.

Gli afferrò i fianchi e salì su di lui. Lo spesso rigonfiamento della testa del suo cazzo spinse oltre le grandi labbra e poi si spinse nella vagina, dilatandole i muscoli e facendola gemere per la pressione incredibile. In un secondo, era completamente impalata. La sua figa afferrò l'intrusione e suoi muscoli si strinsero intorno a lui.

Brady gemette e strinse le mani intorno ai fianchi. JJ cominciò a muoversi intorno al suo pene, godendo della sua carne dentro di lei.

Alla sua destra, Dan si trovava a lato del letto.

"Guarda da questa parte, bambina. Prendimi nella tua dolce bocca," sibilò.

Brady l'aiutò a spostare la parte superiore del corpo più vicino al bordo del letto, poi JJ aprì la bocca desiderosa di accettare il cazzo di Dan.

"Apri le cosce per me, tesoro," le comandò Rafe con voce strozzata, quasi disperata. Rapidamente lei allargò le gambe, ansiosa che lui la prendesse.

Stava accadendo tutto così in fretta. Dietro di lei, lui le divaricò le natiche. JJ gemeva intorno alla carne di Dan mentre la testa del cazzo di Rafe spingeva contro il suo sfintere. Immediatamente capì perché l'aveva lubrificato così tanto. Il pene entrò facilmente e allargò il suo buco. I muscoli dell'ano si contrassero subito per difendersi dall'intrusione e la sua figa si strinse attorno al pene di Brady.

I ragazzi gemevano e grugnivano. Rafe si ritirò e spinse nell'ano, facendola bruciare. Le labbra di JJ si strinsero intorno al membro spesso di Dan. Non aveva mai avuto il pene di un uomo in bocca prima ma seguì il suo istinto, lo leccò e lo succhiò per tutta la sua bollente lunghezza ascoltando i grugniti di apprezzamento del cowboy.

Gemette mentre le spinte di Rafe aumentavano il ritmo, spingendola sempre più vicina all'orgasmo che lei tanto desiderava raggiungere. Con la forza dei suoi affondi, Rafe la portò ancor più verso Brady in modo che il suo clitoride sensibilissimo fosse stimolato dai movimenti del bacino dell'amico. Brady gemette mentre la vagina si stringeva come una morsa attorno alla sua carne ispessita. L'ano di JJ abbracciò avidamente il pene di Rafe.

Sensazioni proibite la fecero inarcare.

Il rumore della carne che sfregava contro altra carne si mescolava ai loro gemiti. Era un suono pulsante, ritmico e musicale che scavava nella profondità dei suoi sensi. Un piacere acuto e caldo esplose in lei e l'attraversò.

La sua anima appagata si librava nell'aria. JJ perse l'autocontrollo mentre si contorceva sul cazzo di Brady. Mentre le anche si sollevavano. Mentre il sedere e la figa si contorcevano spasmodici intorno alle penetrazioni.

Che dolce piacere. Che sensazioni profonde e sbalorditive.

Era perduta. Era amata. Era a casa.

Fine

Catalogo Jan Springer Libri italiani

~

Tre Cowboy Per Natale
Cowboys Online #1

JENNIFER JANE (JJ) Watson ha trascorso gli ultimi dieci anni in un carcere di massima sicurezza. L'ultima cosa che si aspetta è di uscire in anticipo con in mano un lavoro e finire in un ranch sperduto nelle foreste canadesi a servire il pranzo di Natale a tre dei cowboy più sexy che abbia mai visto!

Rafe, Brady e Dan pensavano di assumere due ex-detenuti per aiutarli a mandare avanti il ranch e il bestiame, invece scoprono di aver assunto una donna bella e attraente. Nella natura innevata dell'Ontario del nord, la compagnia femminile è cosa rara.

Ed è qualcosa che i tre cowboy amano *condividere*...

Sono dominatori, belli come il peccato e riempiono la mente di JJ con le fantasie sessuali più bollenti che abbia mai avuto. D'un tratto, comincia a desiderare i tre cowboy come il regalo di Natale perfetto per lei, sperando in qualcosa che forse non potrà mai avere... un "per sempre felici e contenti."

Tre Cowboy Tutti Per Lei
Cowboys Online #2

DOPO AVER TRASCORSO dieci anni in un carcere di massima sicurezza, Jennifer Jane (JJ) Watson ha ottenuto la libertà condizionale e un lavoro di governante in un ranch canadese lontano da tutto, al servizio di tre dei cowboy più sexy che abbia mai incontrato...

La primavera è finalmente arrivata a Moose Ranch, e una donna single da poco fuori di prigione non dovrebbe intrattenersi in ménages bollenti con i suoi tre cowboy sexy come il peccato. Ma l'amore di JJ per i suoi uomini continua a crescere e lei si arrende alla forza della passione che prova per ciascuno di loro.

La vita è perfetta.

Fino a quando la sua nuova esistenza viene messa alla prova, nel momento in cui si verificano alcuni misteriosi avvenimenti nel ranch e uno dei suoi cowboy viene brutalmente aggredito e ferito. La ritrovata libertà e la felicità le verranno strappate via?

Rafe, Brady e Dan non si sarebbero mai aspettati di trovare una femmina attraente e sensuale disposta ad aiutarli nel loro ranch così isolato dal mondo. Ma nel selvaggio Nord Ontario, la compagnia femminile è rara. Ed è una bella cosa che i tre uomini amano condividere...

Brady, Dan e Rafe non sono mai stati più felici. Il loro ranch è fiorente e il loro continuo desiderio di condividere la bellissima donna che si prende cura di loro rende la vita completa. Fino a quando il pericolo minaccia di distruggere tutto...

Innamorata Dei Suoi Cowboy
Cowboys Online #3

DOPO AVER TRASCORSO dieci anni in un carcere di massima sicurezza, Jennifer Jane (JJ) Watson ottiene la libertà condizionale e un lavoro di governante in un ranch canadese lontano da tutto, al servizio di tre dei cowboy più sexy che abbia mai incontrato. Una donna single da poco fuori di prigione non dovrebbe intrattenersi in ménages bollenti con tre uomini sexy come il peccato. Ma l'amore di JJ per i suoi cowboy continua a crescere e lei si arrende alla forza della passione che prova per ciascuno di loro.

La passione la divora ogni volta che è tra le braccia dei tre ragazzi. Ma la profonda inquietudine di JJ esplode e lei è davvero intenzionata a recuperare il tempo perduto cercando di realizzare i suoi sogni. C'è solo un piccolo problema: JJ non ha rivelato ai suoi cowboy che cosa fa mentre loro sono lontani ad occuparsi del bestiame. E lei sa che quando scopriranno il suo segreto, gliela faranno pagare cara.

I giovani allevatori Rafe, Dan e Brady hanno trovato la donna che li completa. Lei è capace di rendere il loro ranch fuori dal mondo una vera casa. JJ è vulnerabile, dolce e disposta a condividere il letto con tutti e tre. Ma quando scoprono il suo segreto, ne restano sconvolti, furiosi, e pensano che sia giunto il momento di punirla in maniera memorabile e... perversa.

I Cowboy del suo Cuore
Cowboys Online #4

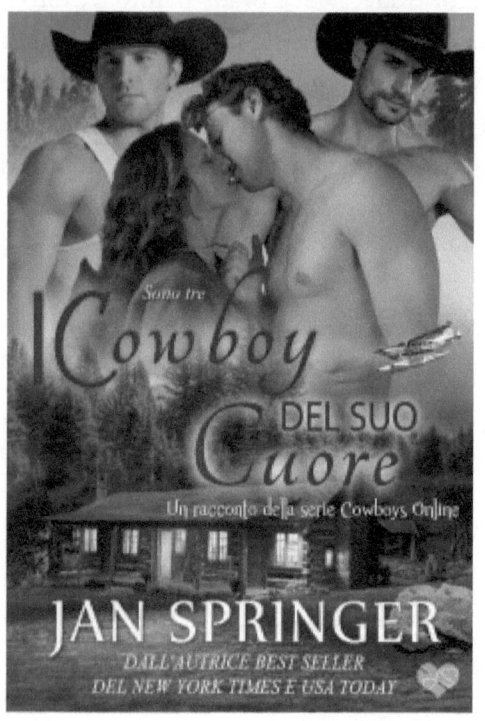

DOPO AVER TRASCORSO dieci anni in un carcere di massima sicurezza, JJ ottiene un inaspettato permesso per buona condotta e un posto di lavoro in un ranch canadese. I suoi datori di lavoro sono tre dei cowboy più sexy che lei abbia mai incontrato e per loro prepara deliziosi manicaretti e dopocena piccantissimi.

Jennifer Jane "JJ" Watson non potrebbe essere più felice. Sta per avere un bambino!

Per fortuna il loro ranch lontano da tutto, con il grande lavoro che c'è sempre da fare, è una bella distrazione per i suoi tre cowboy sexy quando lei è via con il suo aereo. Ma quando JJ è a casa, i suoi tre maschi dominanti soddisfano le sue piccanti voglie di donna incinta coinvolgendola in molti frizzanti ménages.

A Rafe, Brady e Dan non piace che la loro donna se ne vada in giro per i cieli del Canada in balìa dell'imprevedibile tempo dell'Ontario del Nord. Preferirebbero che riscaldasse i loro letti ventiquattro ore al giorno, ma lei sa come ottenere ciò che vuole e adesso ha bisogno della sua ritrovata libertà.

Gli incubi peggiori dei tre uomini, però, prendono vita proprio quando l'aereo, con a bordo JJ e la sua amica, all'improvviso non fa rientro a casa.

Scopri le altre storie della serie Cowboys Online: *Tre cowboy per Natale*, *Tre cowboy tutti per lei* e *Innamorata dei suoi cowboy*.

Il Fidanzato Miliardiario

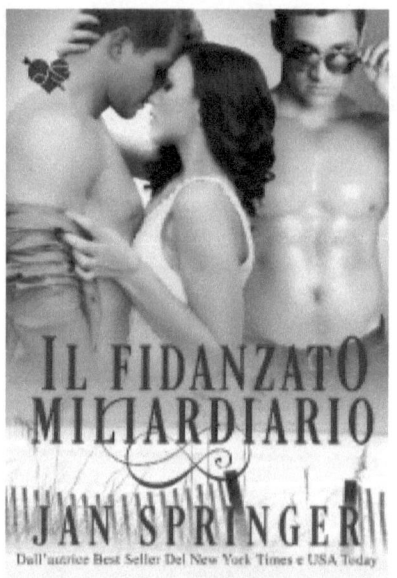

QUANDO LA FAMOSA DECORATRICE d'interni Lily Tiffany riceve una chiave incrostata di diamanti con un invito su un'isola privata, è nervosa ed eccitata perché il suo sexyssimo fidanzato miliardario Ryland Walton la sta convertendo al suo oscuro desiderio di condividerla con un altro uomo...

Il risveglio della fanciulla

DOPO UNA RELAZIONE violenta, la trentacinquenne Paisley Violette ritorna nel tranquillo rifugio turistico canadese dove un tempo era stata una famosa artista, e dove era anche coinvolta in un ménage a trois con due giovani uomini. L'obiettivo di Paisley è riprendere contatto con il suo spirito fanciullesco per poter guarire. Inaspettatamente incontra le sue due vecchie fiamme che risvegliano le sue fantasie. Ma prima che possa tornare ad innamorarsi di loro, dovrà imparare di nuovo a rischiare e a fidarsi di sé stessa con gli uomini.

Adam Cowie si era sempre chiesto che fine avesse fatto la magnifica donna dallo spirito libero che lui e il suo migliore amico, Andrew, avevano frequentato. Con Paisley di nuovo nella sua vita non potrà negare che l'attrazione sia più bruciante che mai. Ma questa volta dovranno prenderla con calma per non farla scappare di nuovo, anche se l'attesa sembrerà roderli dentro.

Andrew Greg non aveva rivisto il suo primo amore da quando era partita con un altro uomo più di dieci anni prima. Tornerà nella sua vita, con il suo splendido istinto protettivo e i suoi desideri. Questa volta non la lascerà andar via. Questa volta si assicurerà che ci sia un lieto fine.

Una Spudorata Brava Ragazza

PUR ESSENDO RIMASTA cieca a 19 anni, Summer è riuscita a diventare un'acclamata scultrice di opere in legno.

Dopo esser rimasta quasi uccisa da un serial killer, viene trascinata in un cottage isolato nei boschi dall'uomo di cui un tempo era innamorata. Summer non si sazia mai di toccare i massicci, grossi muscoli e tutte quelle altre parti forti e appetitose del bodyguard Nick Cassidy, che aveva sempre desiderato esplorare.

Per molti anni, Nick è stato lontano dalla sorellina del suo miglior amico, quella brava ragazza di Summer. Ma ora che è tornato si getta a capofitto nelle lussuriose voglie che ha sempre avuto per lei. Accecato dalla passione, Nick non si rende conto che il loro nascondiglio non è sicuro - fino a quando non è già troppo tardi.

Roman & Julietta

LA VITA DI JULIETTA Black è sempre stata segnata dalle situazioni più illegali della pirateria moderna. Quando viene a sapere di una taglia sulla testa della sua famiglia, decide con riluttanza di mettere in pratica l'idea della nonna e di fare rapire l'affascinante nipote del loro nemico giurato. Il piano? Costringerlo a una unione in vecchio stile – un bambino – per riportare per sempre la pace tra le due famiglie rivali.

In attesa che suo nonno paghi il riscatto richiesto, Roman si ritrova imprigionato su uno yacht. Quando i suoi rapitori gli mettono a disposizione una affascinante donna da portarsi a letto, il suo consueto autocontrollo va in mille pezzi e la lussuria si trasforma presto in amore tra le pieghe lascive dei loro incontri.

Notte dopo notte, stretta tra le forti braccia di Roman, Julietta sperimenta il violento desiderio che esplode tra loro due. Ma come reagirà il suo nemico giurato, quando scoprirà che lo scopo di quel rapimento non è un riscatto, ma qualcosa di più... permanente?

Ménage ~ Il Key Club #1

SCHIACCIATA DALLA PRESSIONE di continue scadenze di lavoro, la scrittrice di romanzi d'amore erotici Claire Miller decide che è ora di rilassarsi con un sensuale ménage à trois al Key Club. Quando viene abbinata a due fighi da paura si rende conto che proprio loro potranno far avverare i suoi sogni più perversi.

Un'attrazione immediata scatta tra i due lavoratori edili Josh Anderson e Levis Jones e la bella ragazza al Key Club. Lei è un sogno erotico che i due non vedono l'ora di vivere nella realtà, e il loro desiderio per Claire si trasforma in un piacere che non vorranno più farsi scappare.

Il Ménage di Marley ~ Il Key Club #2

LA FUTURA MAMMA SINGLE Marley Madison ha avuto anche in passato voglie osé, ma da quando è incinta il suo desiderio è diventato davvero... prepotente. Quelo che vuole è un ménage à trois, ne ha proprio bisogno. E così, quando viene a sapere che il club di scambisti della sua città prepara una serata di ménage destinata proprio alle donne incinte, si iscrive subito!

Le vecchie fiamme di Marley, Rick Antonia e Kacey Poole, sono appena tornati in città dopo aver servito nei Corpi Speciali per molti anni. I due uomini incontrano per caso Marley al Key Club, ma quasi non credono ai loro occhi nel vedere quanto è cambiata. Il suo ventre deliziosamente arrotondato li eccita all'inverosimile e i suoi seni pieni li affascinano. La rivogliono nel loro letto, e faranno di tutto per far avverare il suo sogno di un ménage rovente!

Tutt'a un tratto Marley si ritrova legata per il piacere mentre è ancora scioccata perché i suoi due ex-amanti sono più appassionati che mai. Non è mai stata tanto eccitata dal loro tocco premuroso e dai loro teneri baci... ma li aveva amati tanto tempo fa, e da allora aveva giurato di non ricascare in quel genere di complicazioni...

Un Ménage Per Natale ~ Il Key Club #3

LA DOTTORESSA KELSIE Madison non riesce a ricordare quando è stata l'ultima volta che ha fatto sesso senza complicazioni, e questo è il segnale che sta lavorando davvero troppo. È tempo di staccare la spina, al Key Club, concedendosi un gustoso regalo per Natale. Qualcosa che non ha mai sperimentato prima - un incandescente ménage à trois .

Al dottor Ryder Greene del Pronto Soccorso e al suo coinquilino, il fisioterapista Dixon Flynn piace condividere le donne. Già da un po' hanno messo gli occhi sulla bella dottoressa Madison, ma lei è una maniaca del lavoro e non ha mai tempo per giocare.

Quando vengono a sapere che parteciperà alla serata Ménage Santa Claus, fanno in modo di essere loro quelli che baceranno Kelsie sotto il vischio. E se i loro desideri saranno soddisfatti, Kelsie li porterà con sé a casa per Natale.

Un Ménage per Sophie ~ Il Key Club #4

AL KEY CLUB È LA SERATA del Ménage Spanking e Sophie sta finalmente per tornare in scena. Non si aspetta certo di trovare lì i suoi due prestanti ex, né che loro abbiano un rinnovato interesse per lei. Sono gli unici due uomini che l'abbiano mai portata all'orgasmo, ma lei è ben decisa a non cedere ai desideri libidinosi che le scatenano, perché ancora soffre per come l'hanno lasciata. Di certo non potrà essere un problema un po' di innocua provocazione per mostrare loro che cosa si sono persi...

Steve ed Eric sono appena tornati in città dalla piattaforma petrolifera su cui lavorano, e non vedono l'ora di piegare sulle loro ginocchia la bella parrucchiera per darle le sensuali sculacciate che lei ama tanto. Ma restano di stucco quando la vedono mettersi all'asta per la migliore offerta, in un sexy vestitino da spanking. Chi poteva prevedere che la timida diavoletta potesse essere una provocatrice così voluttuosa? Avrebbero dovuto saperlo, che non sarebbe tornata tanto facilmente nel loro letto...

Il ménage di Jewel ~ Il Key Club #5

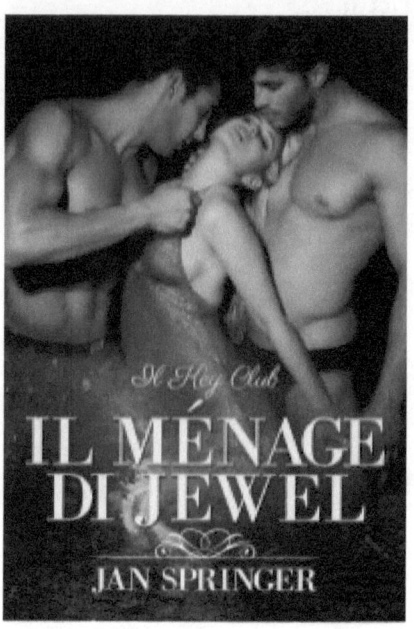

JEWEL PENSAVA CHE NON avrebbe mai più potuto fidarsi di un uomo...

Fino a quando, in una notte di pioggia, due camionisti sexy arrivano a salvarla e accendono il delizioso desiderio di un incandescente ménage a tre. Quando comprende di non poter più negare le sue voglie, Jewel capisce che è giunto il momento di tornare al calore e alla passione conosciuti, un po' di tempo fa, entro i confini sicuri del Key Club.

Al Key Club sta per arrivare la serata 'Ménage con i tuoi toy' e i camionisti Adam e Carson saranno romantici con Jewel, in una serata erotica piena di voluttuosi toys di piacere, nastri di raso e tanto amore rovente.

Il ménage di Jaxie ~ Il Key Club #6

UN INCONTRO RAVVICINATO con la morte spinge Jaxie a mettere in pratica una delle sue fantasie più nascoste.

Pur non essendo mai stata propensa a mescolare gli affari con il piacere, Jaxie Smarts sa che è arrivato il momento di infrangere la regola. Con l'aiuto di uno dei suoi migliori amici, riuscirà a fare in modo di agganciare i due maschi più sexy del Ballo in maschera con Ménage. Ma i piani ben congegnati di Jaxie falliranno ben presto...

Quando il miglior amico di Ewan, Royce, lo trascina al Ballo in maschera con Ménage al Key Club, lui acconsente ad andare solo perché sa che Jaxie non ci sarà. Salvarle la vita è una cosa, ma farsi spezzare il cuore ripetutamente da lei è ben diverso. Con Jaxie lui ha smesso. Per sempre.

Al Ballo, una seducente principessa nascosta dietro una maschera sexy cattura l'attenzione, e scatena il prepotente desiderio che attirerà

Ewan e Royce a volerla portare nel loro letto. L'ultima cosa che Ewan si aspetta è di innamorarsi di nuovo.

Un ménage di Natale per Rachel ~ Il Key Club #7

RACHEL HA UN SEGRETO molto perverso ed è troppo imbarazzata per condividerlo con chiunque. Quando il Key Club organizza una Serata Ménage dedicata a Babbo Natale, pensa che sia quasi troppo bello per essere vero. Deve trovare un modo per partecipare senza che nessuno la scopra!

I baristi del Key Club, Rob e Ron Simpson hanno perso la testa - con tutto il cappuccio da Babbo Natale - per la dolce, bella Rachel. Ma lei non immagina neanche lontanamente quello che provano per lei. Presto però lo capirà, perché sta tornando da un viaggio in Europa e i gemelli le faranno trovare il miglior Ménage di Bentornata a Casa che possa mai aspettarsi. Per farlo, si serviranno di alcuni toys, della Stanza Rossa, di una parola di sicurezza e... di Babbo Natale.

Passione Ardente

CON UNA CERTA INSISTENZA sul volere consumare la propria relazione, il Detective Sky Kelley informa il suo fidanzato di volere aspettare. Ma lui la molla!

Umiliata e bisognosa di andare via, Sky accetta un pericoloso lavoro legato al mondo degli schiavi sessuali.

Quando il Detective Jim O'Brien scopre che la sua ex fidanzata si è offerta volontaria per quell'incarico, s'infuria. Lei è troppo inesperta per un lavoro tanto rischioso e non può fare a meno di seguirla.

Ma Jim scopre presto che Sky non è la solita damigella in pericolo, e glielo sta dimostrando attraverso stratagemmi carnali che fino ad adesso aveva soltanto immaginato...

Il Sogno di Jade

NELLA TERRA DELLA RICCHEZZA e della fama, Kidnap Fantasies è la risposta per un po' di divertimento.

Quando le due sorelle dell'ex sciatrice Jade le danno un questionario della Kidnap Fantasies, lei è eccitata alla prospettiva di iniziare una relazione senza legami con un bellissimo sconosciuto in grado di soddisfare ongi suo desiderio più intimo. Nonostante sia consapevole di essere troppo timida per inviarlo, descrive tutti i suoi sogni più profondi.

Presto, il questionario scompare e l'uomo dei sogni di Jade appare nei panni di un tuttofare che le regalerà un Natale indimenticabile.

Natale Con Chi Vuoi

QUANDO IL CLUB DEGLI scambisti locale bandisce a scopo di beneficenza una Notte Del Fetish Medico per la Vigilia di Natale, Roxie viene a sapere che l'attraentissimo operaio Evan Johnston giocherà al dottore...

E a una fortunata signora verrà offerto un esame sessuale erotico, insieme a uno scoppiettante ménage à trois.

Roxie desidera disperatamente essere quella paziente. Non c'è miglior modo di conoscere intimamente l'uomo che le ha rubato il cuore, che non saltare sul lettino ginecologico per la visita più eccitante della sua vita.

Pressa Da Lui
Jan Springer

LA TATUATRICE CATALINA Brown perde testa per lo sconosciuto che chiede un tatuaggio tentacolare sulla sua ... parte del corpo più sensibile. Normalmente, mescolare il lavoro con piacere non è la sua cosa, ma è una calamita sensuale a cui è immediatamente attratta, in particolare dopo aver sperimentato un high artistico perverso mentre tatua ogni pollice del suo succulento membro.

El mutaforma tentacular, Calder Croft cattura l'odore della donna quando passa per il porto turistico in California, e non può ignorare il modo in cui si scalda il suo sangue. Dopo averla incontrata, è sbalordito nello scoprire che Cat non ha idea che lei sia una mutaforma cha sta per entrare nel suo Cambio. Ci vuole tutto il suo autocontrollo per evitare di prendere queñña sexy donna proprio sul posto.

Calder deve dire a Cat la verità sulla sua eredità. Accetterà la sua primogenitura come una mutaforma o soccomberà alla follia, perdendo per sempre la possibilità di amare?

Jude Outlaw
Gli Amanti Fuorilegge 1

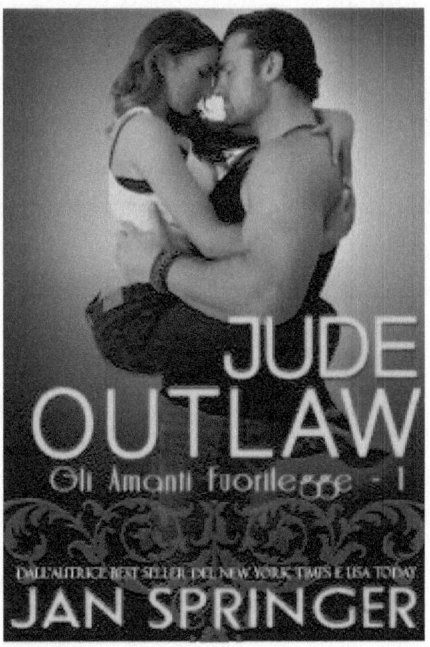

UN VIRUS MICIDIALE ha ucciso la maggioranza della popolazione femminile del mondo.

Con la promulgazione della Legge Di Rivendicazione, i gruppi di uomini hanno improvvisamente il diritto di reclamare una femmina come loro proprietà carnale.

I Fratelli Outlaw sono di ritorno dalle Guerre del Terrore e hanno intenzione di dichiarare l'appropriazione delle loro donne... A qualsiasi costo.

Jude Outlaw

Gli Amanti Fuorilegge 1

Quando apprende che Jude sta tornando a casa dalle Guerre del Terrore, ed è pronto a reclamarla come sua proprietà in base alla nuova legge e con l'aiuto dei suoi quattro fratelli, Cate Callahan ruba la barca dei cinque e fugge in alto mare. Sfortunatamente, la sua corsa verso la libertà non dura a lungo.

Catturando rapidamente l'amata, Jude ravviva l'antica fiamma e seduce nuovamente Cate sino ad attirarla nel suo letto.

Ma Jude custodisce un segreto che può fargli perdere Cate per sempre

...

La Rivendicazione
Gli Amanti Fuorilegge 2

UN VIRUS MICIDIALE ha ucciso la maggioranza della popolazione femminile del mondo.

Con la promulgazione della Legge Di Rivendicazione, i gruppi di uomini hanno improvvisamente il diritto di reclamare una femmina come loro proprietà carnale.

I Fratelli Outlaw sono di ritorno dalle Guerre del Terrore e hanno intenzione di dichiarare l'appropriazione delle loro donne... A qualsiasi costo.

Cercando riparo dagli effetti della Legge di Rivendicazione, Callie Callahan si nasconde in una capanna abbandonata nei boschi del Maine e prova un autentico choc quando la sua ex fiamma la trova. Aveva sempre desiderato trovarsi tra le braccia di Luke. Assaporarlo.

Toccarlo. Accoglierlo fino in fondo dentro di sé. Che può fare una ragazza in quella situazione, se non sprofondare nelle delizie peccaminose che l'uomo le offre?

Luke si è finalmente riunito all'amore della sua vita. E sa che esiste solo un modo per mantenere Callie al sicuro e con lui per sempre. Lo farà con l'aiuto dei suoi tre fratelli e un vasto assortimento di giocattoli lussuriosi.

Ravvivando il calore tra di loro, sbriglia il lato sensuale di Callie in modi che la ragazza non avrebbe mai ritenuto possibile, sempre con l'obiettivo finale di presentarla agli Amanti Fuorilegge e alla Rivendicazione.

La vendetta di Colter
Gli Amanti Fuorilegge 2

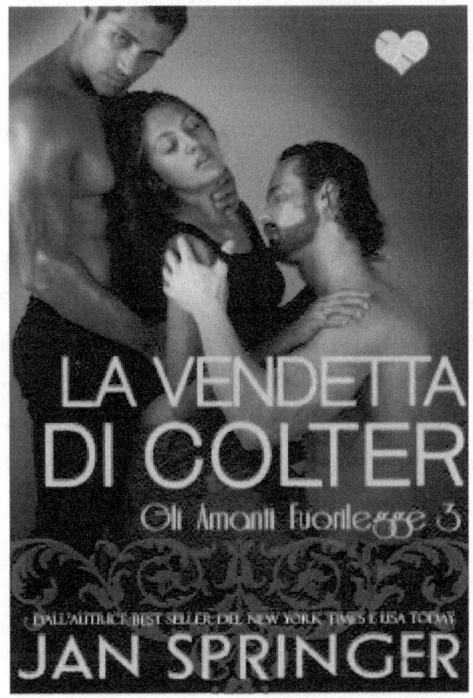

UN VIRUS MICIDIALE *ha ucciso la maggioranza della popolazione femminile del mondo.*

Con pochissime donne rimanenti sulla terra, viene ideata una nuova legge. Con la promulgazione della Legge Di Rivendicazione, i gruppi di uomini hanno il diritto di rivendicare una femmina come loro proprietà carnale.

I Fratelli Outlaw sono di ritorno dalle Guerre del Terrore e hanno intenzione di dichiarare l'appropriazione delle loro donne... A qualsiasi costo.

La vendetta di Colter
Gli Amanti Fuorilegge 3

Quando reincontra la bellissima donna che gli ha spezzato il cuore durante le Guerre del Terrore, il dott. Colter Outlaw pensa solo alla vendetta. Catturatala e messala al guinzaglio, la seduce, la riempie di perversi desideri e contorti aneliti di un delizioso ménage a trois... O più. Del tutto deciso a spezzarle il cuore e piantarla in asso, Colter vede andare in fumo il proprio piano quando si sottopone ai piaceri carnali che Ashley gli dispensa con grande liberalità.

Colter le ha detto che l'ama. Le ha sussurrato promesse di redenzione dalla sua vita di schiava ma, quando lui scompare improvvisamente, la donna ne è devastata. Infettata da una forma del virus X che la mantiene continuamente eccitata, Ashley Blakely si reca al Pleasure Palace per implorare una cura per la sua malattia. Ma non si sarebbe mai aspettata di trovare lì l'amato Outlaw a rovinare i suoi piani. E nemmeno di dargli corpo e anima con così tanta facilità...

L'arrivo di Hero
Un Amore a Distanza di Anni Luce #1

ESSERE FERITO E CATTURATO, non era quello che Joe Hero si aspettava quando aveva firmato un contratto con la NASA. Ma un uomo sarebbe stato folle a non innamorarsi di una sensuale dottoressa cui era debitore.

Una folle notte di passione tra le braccia di uno sconosciuto proveniente da un altro pianeta, è abbastanza da convincere Annie che gli uomini non sono quelle bestie che ha sempre pensato.

Chi è questo sensuale uomo e perché lei lo accoglie nel suo letto ogni volta che ne ha la possibilità?

La Fuga Di Hero
Un Amore A Distanza Di Anni Luce #2

LA REGINA JACEY HA sempre desiderato provare l'ebrezza di stare con un uomo. Tuttavia, prenderne uno per il suo piacere è proibito. Quando uno straniero proveniente da un altro pianeta arriva nel suo mondo, stravolge tutte le sue convinzioni.

Essere catturato e costretto ad accoppiarsi con una bellissima Regina non è esattamente quello che Ben Hero si era aspettato quando aveva accettato di esplorare un nuovo pianeta per la NASA.

Scappare dovrebbe essere la sua priorità numero uno, ma tutto quello cui riesce a pensare è fare l'amore con Jacey. Quando scopre che anche lei è una prigioniera, il suo istinto protettio ha la meglio su di lui.

Improvvisamente sono in fuga, incredibilmente eccitati e l'uno tra le braccia dell'altra.

Il Tradimento di Hero
Un Amore A Distanza Di Anni Luce #3

L'astronauta Buck Hero non si aspettava di essere catturato o di essere infettato dal veleno della passione quando accettò di esplorare un nuovo pianeta scoperto dalla NASA. Se non troverà presto una cura, morirà.

La fuggitiva Virgin, ha salvato un uomo infettato e ha bisogno di somministrare una cura piuttosto bollente- una maratona di sesso della durata di ventiquattro ore. Tuttavia, dovrà consegnare l'uomo ai suoi nemici in cambio della sua libertà. I suoi sentimenti per lo sconosciuto, comprometteranno il suo piano?

Il Bacio di Hero
Un Amore a Distanza di Anni Luce #4

DURANTE UNA MISSIONE di salvataggio alla ricerca dei suoi fratelli, la navicella dell'astronauta Piper Hero e delle sue sorelle precipita, schiantandosi su un pianeta da poco scoperto...

Dopo essere stata ferita e contaminata dall'acqua delle paludi, viene salvata da un sensuale sconosciuto che le fa perdere la testa.

Jarod Ellis ha rinunciato per sempre alle donne. Tuttavia, è affascinato da Piper Hero, una donna che giura di essere imparentata con gli uomini della terra a cui Jarod ha promesso la sua protezione. Nonostante non si fidi di Piper, la donna risveglia in lui delle focose sensazioni che non aveva mai provato prima, nemmeno durante la sua vita da schiavo sessuale.

EROE Cercasi
Un Amore a Distanza di Anni Luce #5

SIGNORINA PERFETTINA cerca un uomo che ami passeggiare sotto la pioggia. Un uomo di casa, desideroso di una famiglia borghese perfetta. Requisiti sessuali: un amante gentile ma selvaggio. Deve essere sessualmente avventuroso e insegnarle a essere come lui. Deve essere romantico, gradire i giocattoli erotici ed essere interessato a un bondage leggero reciproco. È gradito il sesso a tre o più.

Questi sono i desideri espressi dalla curvilinea proprietaria di un negozio di antichità, Jenna MacLean, quando insieme alla migliore amica studia un'inserzione per la ricerca di un uomo, pensando che sia solo un divertente passatempo in una serata tra sole ragazze.

Dopo anni di lontananza dalla sua graziosa e abbondante ex ragazza, Sully è tornato in città. Quando scopre l'inserzione, sa di essere l'unico uomo che può avverare tutte le scoppiettanti fantasie di Jenna. L'ha sempre portata con sé nel cuore e ora la rivuole nel suo letto, ma non percorrerà la via romantica tradizionale. Questa volta le proverà il suo amore con l'aiuto del famoso Ménage Club, un Club per incontri personali concepito appositamente per rimettere insieme coppie che si sono allontanate, con l'aiuto di un terzo, e a volte di un quarto, in camera da letto.

Eroi Intrappolati
Un Amore a Distanza di Anni Luce #6

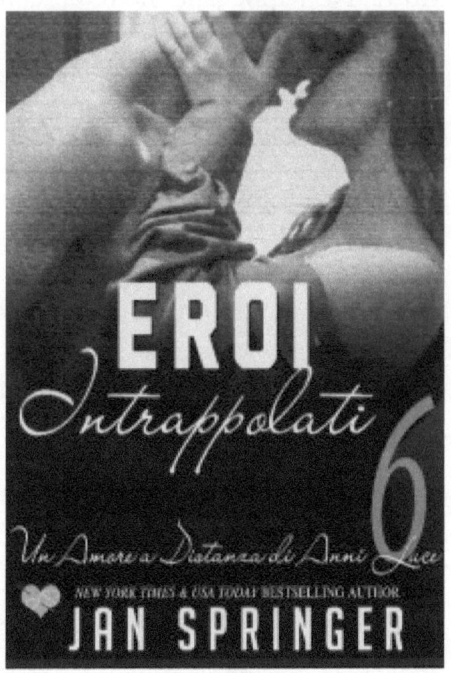

MENTRE STANNO CERCANDO i loro fratelli sul pianeta Paradiso, le sorelle Hero si separano e trovano inaspettatamente l'amore.

Taylor e Kayla

Kayla Hero viene catturata dalla Allevatrici e incontra un maschio che attira subito la sua attenzione. Costretta a scappare con lui, la passione la travolge non appena diventa sua prigioniera.

Kayla è affetta dalla Febbre delle Paludi e Taylor sa che si divertirà a darla una cura!

Blackie e Kinley

Ferita e dispersa nella giungla, Kinley Hero è intimidita dall'uomo che le dà la caccia, soprattutto per il forte potere che ha su di lei.

Catturare la sua bella preda diventa l'obiettivo di Blackie, che non vede l'ora di sottometterla e farla diventare una schiava per I Fratelli della Valle della Morte. Non appena le mette un collare, Kinley deve affrontare la sua indole di sottomessa.

Catalogo Jasmine Black Libri Italiani

~*~
Italiano

1

Presa Da Due Pompieri

Sesso A Tre

LA POMPIERA KENDALL Farell è sempre stata attratta dalla bellezza erotica delle lingue di fuoco calde che danzano all'interno degli edifici in fiamme.

Il suo feticismo pericoloso però potrebbe costarle il posto di lavoro se qualcuno lo scoprisse.

---

1. https://janspringerauthor.files.wordpress.com/2019/10/takenbytwofirefighters_1_jb_italian.jpg

Quando viene colta sul fatto mentre sta flirtando con il fuoco, e dopo essere stata salvata da una morte certa, i suoi due colleghi uomini le chiederanno di essere pagati in un modo alquanto indecente...

Sedotta Da Tre Motociclisti
Ménage Serie

2

Quando l'auto di Zoe Miller deicde di guastarsi a tarda notte e nel mezzo di una strada desolata, tre motociclisti dall'aspetto losco arrivano a salvarla... in tutti i modi possibili!

2. https://janspringerauthor.files.wordpress.com/2019/08/takenthreebikers_jb_italian-1.jpg

Pressa da due Personal Trainers ~ Sesso A Tre Serie

3

Quando la pole dancer Chelsea White scopre che il suo posto di lavoro è a rischio, decide di assumere un team estremo per tornare in forma…e quei ragazzi muscolosi la spingeranno ben oltre i suoi limiti.

3. https://janspringerauthor.files.wordpress.com/2019/02/taken_2_jb_italian.jpg

Presa Da Due Dottori ~ Sesso A Tre Serie
Jasmine Black

4

LA CAMERIERA JEAN SPELLING visita il suo controverso medico una volta al mese per una tanto necessaria...cura dello stress. Ogni volta non vede l'ora di mettere i piedi nelle staffe e di godersi i trattamenti "anticonvenzionali" del malizioso dottor Ball. Questa volta però, quando arriva, rimarrà sorpresa di scoprire che non solo sarà sottoposta ad un esame "fisico" da ben due medici, ma che le prescriveranno anche la sua "tanto necessaria" cura proprio lì sul lettino!

Presa Da Due Miliardari
Sesso A Tre

5

JILL È SEMPRE STATA avvertita che la sua passione per il gioco d'azzardo prima o poi l'avrebbe messa nei guai. E adesso si trova davvero in guai seri.

Ha perso una partita a poker contro due miliardari molto sexy e adesso la vogliono come vincita.

Faranno a lei tutto ciò che desiderano...per un anno intero.

Mentre si trova lungo la strada verso la sua nuova vita, in Italia, a bordo di una limousine color crema, Franco e Gianni mostreranno esattamente a Jill cosa significa essere vinta da due miliardari.

---

5. https://jasmineblackauthor.files.wordpress.com/2018/04/takentwobillonaires_italian_jb.jpg

Sedotta Da Due Biker
Sesso A Tre
Jasmine Black

Quando la macchina di Zoe Miller si ferma di colpo a tarda notte in una strada deserta, deve ringraziare il suo ex ragazzo motociclista e il suo migliore amico Joel, che vanno a soccorrerla... in molti modi!

Sedotta Da Due Boss
Sesso A Tre

6

Bloccata nell'ascensore dell'azienda, la receptionist della Carnal Toys, Carina Chantilli, si ritrova alla mercé dei suoi due sexy boss, al centro di un piccante triangolo sessuale.

---

6. https://jasmineblackauthor.files.wordpress.com/2017/06/sedotta-da-due-boss_jb_italiano-2.jpg

Altri modi per entrare in contatto:

Il sito Web di Jan Springer - http://janspringerauthor.wordpress.com/italiano/

Il sito Web di Jasmine Black - https://jasmineblackauthor.wordpress.com/translated/italian/

Jasmine Black Twitter - https://twitter.com/blackerotica1

La newsletter di Jan - http://ymlp.com/xguembmugmgb

Instagram – http://www.instagram.com/janspringerauthor

Facebook - https://www.facebook.com/janspringereroticromance

Twitter - https://twitter.com/janspringer @janspringer

Pinterest - http://www.pinterest.com/janspringer1/

Il blog di Jan - http://janspringerauthor.wordpress.com/blog-2/

LinkedIn - http://ca.linkedin.com/in/janspringerauthor/

Buona lettura!

jan springer & jasmine black